Mensaje para ti

Mensaje para ti

Ana Maria Machado

Traducción de Santiago Ochoa

www.edicionesnorma.com
Bogotá, Buenos Aires, Ciudad de México,
Guatemala, Lima, San José, San Juan, Santiago de Chile

Machado, Ana Maria, 1941-
  Mensaje para ti / Ana Maria Machado ; traductor
Santiago Ochoa. -- Bogotá : © Educactiva, S. A. S., 2009.
  160 p. ; 21 cm. -- (Zona Libre)

  ISBN 978-958-45-2046-3

  1. Novela juvenil brasileña I. Ochoa, Santiago, tr.
II. Tít. III. Serie.
I869.3 cd 21 ed.
A1221886

  CEP-Banco de la República-Biblioteca Luis Ángel Arango

Título original en portugués:
Mensagem para você

© Ana Maria Machado, 2008
© Educactiva, S. A. S., 2009
Av. El Dorado 90-10, Bogotá, Colombia

Impreso por Editorial Buena Semilla
Impreso en Colombia - *Printed in Colombia*

Primera edición: julio de 2009

Edición: Ana Lucía Salgado
Corrección: Cecilia Espósito.
Traducción: Santiago Ochoa
Diagramación y armada: Nohora E. Betancourt Vargas
Elaboración de cubierta: Fernanda Rodríguez
Fotografía de cubierta: © iStockphoto.com/ Frank Oppermann

61075741
ISBN 978-958-45-2046-3

Contenido

Un virus misterioso

—El mejor trabajo fue el del grupo de Guillermo.

Cuando escuchó al profesor de Historia hacer aquel anuncio, Gui se llevó un susto. Los otros también debieron sentirse muy mal. Sinceramente, eran conscientes de que su grupo se había dejado estar y de que habían dejado muchas cosas para última hora. Estaban seguros de que todo había salido medio improvisado. Sabían perfectamente que en el último día, cuando salieron de la casa de Sonia, prácticamente expulsados por su madre, pues ya era muy tarde, todavía les faltaba organizar todos los textos en el computador antes de imprimirlos. También les faltaba terminar un montón de cosas. Era imposible que el trabajo hubiera quedado bien hecho.

No entendían por qué un profesor tan exigente como Meireles pensaba que semejante trabajo era el mejor de la clase.

Guillermo miró a Miguel, quien parecía más asustado aún, y la misma expresión se repitió en los demás integrantes del grupo: Mateo, Fabiana y Sonia. Esta última se llevó la mano a la boca, y sus ojos desorbitados expresaron una sorpresa total; sabía más que nadie que aquel trabajo sobre los egipcios parecía una colcha de retazos. Recordó que había trabajado en el computador hasta la madrugada, después de que sus compañeros se marcharon. Estaba tan cansada que tuvo dificultades, incluso, para ordenar las páginas impresas. Y, al final, había sobrado un fragmento que no pudo identificar. Sonia no sabía quién había escrito o enviado aquel texto, cómo fue a parar allí ni de qué se trataba. No pudo insertarlo en el trabajo y terminó por descartarlo, tal como sucede cuando alguien se dispone a arreglar un reloj en los dibujos animados: una vez que lo ha cerrado descubre que han quedado unos resortes y unas rueditas afuera.

El profesor Meireles siguió comentando:

−A pesar de que está un poco mal estructurado…

("Claro", pensaron todos, "quedó hecho un desorden".)

–... Es muy interesante y bastante original...

("¡Quién lo diría!")

–... Especialmente la parte sobre la experiencia monoteísta de Akenatón.

("¡Rayos! ¿Quién habrá hecho esa parte? Yo ni siquiera la vi", fue el pensamiento general del grupo.)

–No les voy a dar la máxima nota porque está un poco confuso en algunas partes...

("Sigue confundiendo las cosas", fue lo que cada uno pensó, sin tener que intercambiar una sola palabra.)

–... Y porque no hace referencia a las fuentes utilizadas en esa parte de la investigación. Pero la idea de incluir ese tema es original y creativa, y fue presentado con mucho acierto. Voy a leer el comienzo para que toda la clase entienda a qué me refiero.

Y mientras todo el grupo coincidía mentalmente con el hecho de que ninguno de ellos tenía la menor idea de lo que había dicho Meireles, el profesor se aclaró la garganta y comenzó a leer:

–"Aunque en vuestros días"... es decir, en los nuestros; se me había escapado ese error.

Hizo una pausa y corrigió con el bolígrafo en el papel. Comenzó de nuevo:

–"Aunque en nuestros días el nombre del faraón Tutankamón es muy conocido y se ha convertido en una verdadera celebridad gracias al descubrimiento de su tumba y a la fabulosa riqueza del tesoro encontrado en ella, la verdad es que él no tuvo mucha importancia para sus contemporáneos. Asumió el gobierno cuando todavía era un adolescente. Era delicado, un poco enfermizo y sin carácter. Reinó durante poco tiempo y murió antes de cumplir los veinte años. Llegó al trono por medio de una serie de intrigas palaciegas; fue apenas un juguete en manos de fuerzas políticas y religiosas interesadas en recuperar el poder que les había quitado su antecesor, ya que lo perderían para siempre si no derrocaban al antiguo faraón. Por eso, necesitaban ostentar todo ese esplendor para que la imagen de Tutankamón pudiera impresionar al pueblo. De ese modo, todos se olvidarían de Akenatón, el faraón depuesto. Sus enemigos estaban convencidos de que así sucedería, pero la Historia no se olvidó de él, pues era un hombre culto, un pensador. Fue el primero en formular la idea de un dios único: Atón, el Sol. Al reemplazar los diversos cultos tradicionales en honor a los dioses por la adoración a la luz, al calor y a la energía, concebidas como fuentes de toda la vida en la tierra, Akenatón demostró tener una mentalidad muy adelantada para su época. También valoró el papel de las mujeres: su esposa Nefertiti tomó parte activa en la formación del gobierno y de la nueva doctrina. Sabía escribir y compuso varios himnos religiosos y poemas en homenaje a Atón y a la naturaleza".

Mientras Meireles leía, el grupo de Guillermo continuaba mirándose de reojo. Ninguno había investigado aquello ni recordaba haber visto siquiera ese tema entre los que revisaron y resumieron antes de salir de la casa de Sonia. ¡Claro! ¡Solo podría haber sido ella! Seguramente encontró aquello en algún libro o en Internet y decidió incluirlo en el trabajo. Pero le había quedado muy bien.

El profesor continuó:

—No voy a leer todo el trabajo ahora; sólo quería darles una muestra. Después de esta introducción, el grupo describe los principios de la nueva religión, las dificultades que tuvo que enfrentar Akenatón debido a sus creencias, el traslado de la capital propuesto por él, los intereses económicos que desafió y los enfrentamientos que tuvo con los poderosos. El texto realmente quedó muy interesante. Yo también aprendí varias cosas; por ejemplo, sobre Nefertiti. Y me avergüenzo de reconocer que no sabía casi nada de esto. La única reina destacada de Egipto que yo conocía bien —además de Cleopatra— era Hatshepsut, quien comandó ejércitos, envió una expedición marítima para viajar alrededor de África y tuvo un poder excepcional. Pero yo sólo sabía que la reina Nefertiti era la esposa de Akenatón y que era tan hermosa que su efigie continuó fascinando a la humanidad durante el transcurso de los siglos. Tal vez la imagen de su rostro sea la más bella que nos hayan legado los antiguos.

Alguien debió hacer una broma en las filas de atrás, porque se oyeron unas risitas. Pero Meireles las ignoró por completo y no interrumpió su discurso. Continuó animado:

—Una escultura de la cabeza de Nefertiti, que está en el museo de Berlín, es una de las piezas más deslumbrantes y bien conservadas que nos ha llegado de la Antigüedad. Pero yo desconocía por completo el papel intelectual de Nefertiti, y también su originalidad. Ella fue la única reina de Egipto en ser plasmada en un bajorrelieve en medio de escenas domésticas y sentimentales, al lado de su marido, cargando a sus hijas, conversando y jugando con ellas. Busqué en la literatura especializada y encontré información sobre todo esto, y confirmé la importancia de Nefertiti que ustedes señalan en su trabajo. Y en la biblioteca descubrí una novela contemporánea muy buena (y quiero decirles a los perezosos que es muy corta) sobre ese período, escrita por Naguib Mahfuz, un novelista egipcio que recibió el Premio Nobel de Literatura hace pocos años. En fin, tenemos que reconocer que el grupo hizo un gran trabajo. Realmente los felicito: ¿dónde encontraron todo eso?

Silencio. El profesor repitió la pregunta. Guillermo respondió de forma evasiva:

–Ah, profesor… investigamos tanto que no lo recordamos. Seguramente alguno de nosotros lo anotó en algún lugar, pero creo que lo arrojamos a la basura… Discúlpenos.

–Es una lástima, Guillermo. Eso no se hace; no es nada científico y atenta contra un buen trabajo. No se olviden de lo que yo recomiendo siempre: pueden investigar en Internet, pero deben citar de dónde proviene la información para que yo pueda confirmar su credibilidad. De hecho, la bibliografía es indispensable. Es necesario identificar siempre la fuente y citar las referencias. Es una cuestión de honestidad y también de responsabilidad profesional. Le da más consistencia al trabajo y puede marcar una diferencia significativa en esta época de levedades superficiales.

Y Meireles se enfrascó en ese tema que tanto le gustaba, repitiendo por enésima vez que lo más importante que deben enseñar las escuelas no es la información, sino la formación de actitudes sociales dignas, la transmisión de valores éticos, el rigor y el entusiasmo en la búsqueda del conocimiento. Todos habían escuchado aquello miles de veces. Cuando se enfrascaba en ese discurso, parecía que no fuera a terminar nunca.

Guillermo se desconectó mentalmente y pensó en la estrategia que utilizaría para pasar al siguiente nivel en el juego de computador que le habían regalado dos días antes. Como siempre, Fabiana hacía dibujos en un papel como si fuera una diseñadora de modas. Y Mateo soñaba con el sándwich que iba a comerse en la cafetería de la escuela, pues se estaba muriendo de hambre.

La clase terminó y llegó la hora del recreo.

Todos rodearon a Sonia.

–¡Qué bien! ¡Salvaste la patria!

–¿De dónde sacaste esa historia del dios-sol? –quiso saber Mateo.

–¿Y esa cosa del modelo de belleza? –Fabiana quería preguntarle sobre el maquillaje y la moda del antiguo Egipto; solo pensaba en eso.

–No tengo la menor idea –les aseguró ella.

Al comienzo, sus compañeros no le creyeron. Pero Sonia insistió:

—De verdad. Imprimí todo y me fui a dormir. Al día siguiente, ordené las hojas impresas antes de venir a la escuela, y vi que había unas cosas extrañas, que no recordaba haber visto antes ni de las que hubiera hablado con nadie. Eran unos textos que estaban en un documento que alguno de ustedes me envió por *e-mail*. Suprimí lo que creí que no tenía nada que ver, pero dejé eso porque hablaba de un faraón. A fin de cuentas, el trabajo era sobre el antiguo Egipto y estaba demasiado corto. Creí que hablar de otro faraón podía reforzar la historia y agregarle más renglones...

—¿Y los textos que no incluiste? —le preguntó Mateo bromeando—. ¿Acaso no bajaste también un trabajo de química? Tenemos que entregarle uno a Nancy a fin de mes, ¿recuerdas?

—No —respondió ella—. Había unos poemas, una carta; no recuerdo bien. Puras tonterías, así que las arrojé a la basura.

Sin embargo, Sonia siguió pensando en eso después de llegar a su casa. Había quedado con curiosidad y quería leer todo de nuevo. No debió arrojar los papeles a la basura así, sin más.

Pero ¿realmente los había arrojado? Tal vez los había guardado para usar el otro lado de la hoja, como acostumbraban hacer todos en su casa. Los buscó y encontró los textos en la pila de los papeles usados. No sabía si el texto estaba completo, pero reconoció un poema, pues estaba impreso en el mismo tipo de letra utilizado en el trabajo de Meireles:

> *Cada día cuando llegas*
> *Y nos llamas con el canto de los pájaros,*
> *Todo en ti es alegría.*
> *¡El Dios único que seca nuestras lágrimas!*
> *¡El Dios que escucha el silencio de los pobres!*
> *¡El hermoso y el magnífico!*
>
> *Cada día cuando extiendes tu red de luz,*
> *Y calientas el mundo con el calor de tus rayos,*
> *Todo en ti nos trae vida.*
> *¡El Dios único que nos alimenta!*
> *¡El Dios que madura las cosechas!*
> *¡El hermoso y el magnífico!*

El poema continuaba así durante varias estrofas parecidas. También encontró la carta. Bueno, no era exactamente una carta, pues no tenía fecha, encabezamiento ni firma. Pero tampoco era un *e-mail*, pues no tenía las identificaciones propias de un correo electrónico. Sin embargo, estaba escrito en primera persona y dirigido a alguien:

> *Disculpa, sé que no debo entrometerme.*
> *Perdóname, pero estás tan cansada que sentí deseos de ayudarte. Me acordé de mis queridas hijas, con quienes me encantaba jugar y a quienes siempre les enseñé todo con mucho placer. Hay días en que los observo, o mejor,*

que los veo a ustedes enfrascados en esos asuntos tan
próximos a mí, y me siento muy cerca de ustedes. O de
vosotros, no sé cómo decirlo. Algunas cosas son difíciles:
eso de tú, usted, ustedes y vosotros me confunde a
veces. Pero el tratamiento entre las personas era mucho
más difícil anteriormente, así que debo reconocer que las
cosas se han simplificado con el transcurso del tiempo.·

Y ya que decidí manifestarme, voy a hablar con la
verdad. No solo siento deseos de ayudar, sino también de
mostrarme un poco, si es que logras entender, si es que
ustedes pueden hacerlo. Si vosotros lo lográis. Y quiero
revelarme porque me enorgullece mucho escribir, como
podéis imaginar.

Siempre le he agradecido a mi padre por haber tenido
el valor de enseñarme. Sé que él no fue el único; otros
escribas también les enseñaron a escribir a sus hijas. Yo
también les estaba enseñando a mis niñas a descifrar
los caracteres escritos, pero fuimos interrumpidos brutal-
mente por los acontecimientos políticos que se precipita-
ron sobre nuestra ciudad. Sin embargo, estas situaciones
no eran muy comunes. Primero se enseñaba a dibujar.
Era siempre el primer paso esencial. Yo tenía un lindo estuche de madera, donde podía guardar los cálamos, que
creo que ustedes llaman "pinceles" o "plumas". Estaban
elaborados con tallos de junco. Unos tenían las extre-
midades achatadas para abrirse en forma de abanico y
servían para pintar. Otros tenían la punta afilada para
hacer los trazos. La tapa del estuche se deslizaba y se
veían cuatro cavidades redondas donde yo guardaba los
pigmentos. El estuche de mi padre tenía nueve cavidades,

pues trabajaba en el palacio y utilizaba muchos colores. La mayoría de los escribas solo tenían dos, para el negro y el rojo. Ese estuche fue uno de mis mayores tesoros, a pesar de todas las maravillas que tuve. Siempre me gustó dibujar y pintar; aprovechaba cualquier caracola, cualquier pedazo de piedra o cerámica para practicar. Mi mamá dejó que yo pintara algunas piedras de la pared de nuestra casa. Su pintura favorita era un hipopótamo dentro del agua, con la boca medio abierta. Y la que más me gustaba a mí era la de un ave entre los juncos, a la orilla del río.

Pintar y dibujar era muy importante para aprender a escribir de tal forma que todos pudieran entender. No todos los signos eran tan simples como el del disco solar. Supongan que quieren dibujar un chacal y que salga un gato. O un halcón y que salga una codorniz. Todo el sentido cambiaría y sería otra palabra. En resumen, nuestra escritura estaba conformada por dibujos, y no por letras como la vuestra. Por eso tuve que practicar mucho y, cuando tenía casi el tamaño de tu hermana menor, mi papá me enseñó a sentarme en el suelo con las piernas cruzadas, como deben hacerlo los escribas para poder desenrollar el papiro poco a poco e ir dibujando los signos con mucho cuidado, de arriba hacia abajo, y de derecha a izquierda. Lentamente aprendí a formar palabras. Mi papá era escriba del palacio, un hombre importante, y me enseñó a sujetar el tálamo de la forma correcta y a hacer los dibujos con la precisión adecuada.

Los escribas eran hombres simples. Yo sabía que la actitud de mi padre al enseñarle a una niña a leer y a escribir era un acto de valor y una prueba de amor. Por eso, cuando crecí y me casé, pude hacer algo maravilloso: escribir las palabras de los himnos que yo misma inventaba y cantaba. Cantar, tocar y bailar eran parte de la educación de las niñas; era como tejer y bordar. Pero ¿leer y escribir? Muy pocas sabían hacerlo, y yo le agradezco a mi papá por ello.

Nunca me sentí tan importante como el día en que logré escribir mi nombre y trazar con firmeza la silueta del cartucho, ese molde con esquinas redondas que utilizamos alrededor del nombre de las personas. No será posible hacer eso ahora en su computador, pero si usted quiere, si ustedes quieren, o si vosotros queréis, les dejo aquí un link. *Solo tienen que entrar a la página web y navegar hasta encontrar "Nefertiti".*

"Ah, alguien me está haciendo una broma", pensó Sonia.

Era mejor no hablar de ese asunto con nadie, y ver si el bromista aparecía de nuevo.

Pero nada le impedía buscar ese *link*, perteneciente a la sección de egiptología, y más concretamente, a la escritura egipcia, de un museo. Tenía muchas cosas sobre los jeroglíficos, los signos utilizados en la escritura del antiguo Egipto. Había una lista con un montón de esos diseños y los sonidos de sus equivalentes aproximados en las lenguas modernas. Y había también unas explicaciones más generalizadas. Por ejemplo, que los nombres propios siempre estaban encerrados en un óvalo. O mejor, en un rectángulo, con los bordes redondeados y un trazo recto en la base: era el "cartucho", como estaba descrito en el mensaje que Sonia acababa de leer.

Posteriormente, ella descubrió otra cosa que le produjo mucha curiosidad.

Una pequeña ventana decía: "¿Quieres ver cómo se escribían algunos nombres famosos? Haz clic aquí".

Sonia hizo clic y apareció una lista: Cleopatra, Ptolomeo, Ramsés, Tutankamón, Tutmosis... y en el medio, como si la estuviera llamando, se destacaba el nombre de Nefertiti.

Sonia seleccionó el nombre con el cursor e hizo clic de nuevo. En la pantalla apareció la imagen.

Se trataba de algún bromista erudito, pero ella no iba a hacer el ridículo de contárselo a nadie. Sin embargo, sintió curiosidad de saber quién se estaba divirtiendo a costa suya.

El bromista erudito ataca de nuevo

—Chau. Ya estoy sobre la hora –dijo Andrea, saliendo deprisa para no perder el aventón–. Carlos ya debe estar por llegar.

Todos los días era lo mismo. El despertador sonaba, pero ella no se despertaba. Pasaba mucho tiempo en la cama, dormitando y desperezándose.

Pero de repente, parecía que le hubieran puesto una batería. Salía deprisa para el baño, ponía una música animada, se daba una ducha, se vestía en pocos minutos y ya quedaba acelerada, sin tiempo para sentarse a desayunar con calma. Tomaba rápidamente media taza de leche y salía con una galleta o una fruta en la mano.

Pero esta vez, Andrea hizo una parada antes de salir por la puerta camino del trabajo, en el auto de Carlos, hacia la oficina de abogados del doctor Braga. Ella hablaba de aquello como si no se tratara simplemente de una pasantía, sino como si fuera el trabajo más deseado del mundo y la empresa más importante del planeta. Miró a sus dos hermanas sentadas en la mesa, y les dijo:

–Oye, Sonia. Desde hace varios días te quiero decir algo, pero siempre se me olvida. Creo que tu computador tiene un virus...

La chica no respondió, pues ya estaba sobre la hora para ir a la escuela y todavía estaba medio dormida. No entendía cómo era que su hermana podía estar tan despierta, hablando hasta por los codos de ese modo. Sonia era más lenta y se despertaba poco a poco. Sin embargo, le molestó oír aquello. ¿Un virus? ¡Imposible! Esperó que no fuera cierto y, si lo era, que no se tratara de algo grave. Su computador nunca se había infectado con un virus, pero había escuchado muchas historias... ¿cuál sería el problema?

Tendría que llamar a Miguel para que le hiciera una limpieza, como había hecho con el computador de Mateo. Era una fiera para la informática. Pensándolo bien, pedirle ayuda a Miguel era una idea excelente, aunque el computador no tuviera virus alguno. Era un buen pretexto para que él viniera a su casa.

Probó el café con leche y constató que tenía la temperatura que le gustaba a ella: ni muy caliente para quemarse la lengua ni muy fría para sentir náuseas. Estaba en el punto exacto.

Suspiró y pensó otra vez en Miguel. Últimamente pensaba en Miguel a todas horas. Y también pensaba que él estaba en el punto exacto que a ella le gustaba. Pero ¿qué hacer cuando se descubre de repente que el mejor amigo y compañero de tantos años está dejando de ser simplemente el mejor amigo? Es más fácil con un chico desconocido; todo adquiere un aire nuevo, y se intercambian miradas y frases con doble sentido. Todo es evidente para los dos; es parte de lo que todos esperan: se conocen, se eligen mutuamente, y puede pasar algo entre los dos. Pero ¿alguien que siempre ha estado en la misma clase?, ¿desde el primer día de escuela? Es difícil cambiar así tan de repente. Tal vez ella necesitara aquello que habían discutido el otro día en la clase de Lengua: una nueva imagen; darle una inyección de novedad a su antigua forma de comunicación, tal como lo hacen los publicistas con los productos tradicionales, y hasta los políticos, tal como lo habían visto en clase. La profesora les había pedido que dieran algunos ejemplos, y fue una verdadera algarabía: todos hablaron al mismo tiempo al acordarse de alguien o para decir algo. Fabiana salió una vez más con aquel cuento de las *top models* y de la importancia de cuidar la imagen pública, porque hasta el más pequeño error puede estropear una carrera. Mateo comenzó a hablar de la campaña electoral y a decir que…

–… ¿Cómo el nuestro?

La voz de Carol interrumpió sus pensamientos.

–¿Qué fue lo que dijiste? –le preguntó Sonia a su hermana menor.

–Estás muy distraída, ¿verdad? Parece que no entiendes lo que dicen tus hermanas.

–Ya basta, Carol. ¿Qué tienen que ver "mis hermanas" con eso?

–Mucho. Tu hermana mayor acaba de decir que nuestro computador tiene un virus. Y tu hermana menor quiere saber cómo hizo para descubrirlo. No te das cuenta de nada, y no me parece bien. Andrea no tiene por qué meterse en nuestros asuntos.

Sonia no había pensado en eso, pero se vio obligada a reconocer que Carol tenía toda la razón. Su familia tenía un computador mucho más moderno y poderoso, para uso general, en el escritorio de su papá, pero Andrea se había apoderado de él y les dejó a sus dos hermanas menores el viejo PC que tenían en su cuarto. Era un verdadero dinosaurio que tardaba horas en hacer cualquier cosa. Sin embargo, tenía una ventaja: era de ellas y solo de ellas.

Andrea no lo necesitaba. Tenía un escritorio con su propio computador en la oficina de abogados donde hacía sus prácticas. Y cuando llevaba mucho trabajo a su casa los fines de semana, también podía pedirle prestado el *laptop* a su novio. Carlos siempre se lo ofrecía. ¿Para qué entonces había fisgoneado en el de ellas?

–De acuerdo, tienes razón. Le preguntaré a Andrea.

–No solo preguntarle –corrigió Carol–. Sino también reprenderla como se merece.

–Sí, claro. Lo haré. Hoy mismo tendré una conversación seria con ella.

Sin embargo, solo lo hizo al día siguiente, pues Andrea llegó tarde esa noche, y recién se vieron por la mañana, mientras desayunaban en la cocina. Sonia ya lo estaba olvidando, pues tenía un poco de sueño. Pero Carol no lo dejó pasar.

–Andrea, Sonia quiere hablar contigo sobre nuestro computador.

En ese momento, la hermana mayor comenzó a hablar:

–Me alegra que hayas tocado el tema. Soy yo la que quiere hablar con ustedes dos, pues me parece absurdo que hayan dejado llegar las cosas a este punto. Los computadores son caros, no son juguetes para niños. Y si tienen algún problema, hay que buscar ayuda técnica.

Las dos escasamente lograron respirar después de un sermón como ese. Parecía que la conversación no estaba saliendo como lo había imaginado Carol. Para comenzar, los papeles se habían invertido, y la que estaba dando la bronca era Andrea, quien continuó:

–Primero creí que se trataba de una tontería, de un virus insignificante causado por esos mensajes que se mantienen apareciendo en la pantalla. Y por eso se lo dije ayer por la mañana. Pero más tarde, cuando llegué a la oficina y revisé los términos de la petición con Carlos, él me preguntó extrañado qué era lo que había en mi texto; entonces vi lo que había sucedido y me morí de la vergüenza. Yo, que me he dedicado tanto a este trabajo y a hacer las cosas con seriedad, y tener que pasar semejante vergüenza… Él fue muy educado, no discutió conmigo, pero obviamente le pareció extraño que yo mezclara un argumento bien fundamentado, un tratado histórico sobre la jurisprudencia, con las tonterías que ustedes metieron allá. Francamente.

–¿Me puedes explicar mejor? –Sonia intentó ser más objetiva.

Andrea bebió el jugo de naranja y dejó el vaso en la mesa. Se dispuso a salir y añadió:

–Pasé días enteros sumergida en libros y navegando en Internet. Me tomé el trabajo de investigar los antecedentes de nuestros argumentos en el derecho romano, en el código de Hamurabi, en un montón de lugares, pero esa payasada infantil se coló… Afortunadamente, Carlos la descubrió antes de que le entregáramos todo al doctor Braga, porque si no…

Mientras hablaba, Andrea buscó algo en la cartera, separó unos papeles, sacó dos hojas y las dejó sobre una silla, sujetadas con la azucarera para que no se las llevara el viento. No les dio tiempo a ninguna de sus dos hermanas a que dijeran algo, y sacó una manzana del canasto que había en la mesa. Dijo, de pie junto a la puerta, lista para darle un mordisco a la fruta y desaparecer en dirección al ascensor:

–Debí haberlo arrojado a la basura, pero lo traje por respeto a ustedes. Ahí está. Chau, tengo mucha prisa.

Y salió.

–¡Ni siquiera le preguntaste qué hacía en nuestro computador! –reclamó Carol–. Ella no puede...

–No molestes, Carol –interrumpió Sonia, levantándose despacio y dirigiéndose hacia la silla.

La menor se calló la boca. El mal humor matinal de Sonia era muy bien conocido, y no necesitaba ninguna provocación para manifestarse. Lo que sí la sorprendió fue ver a su hermana levantarse para buscar las hojas de papel. Aunque realmente lo hizo como si fuera una zombi. Pero, incluso así, se movió mucho más rápido de lo que acostumbraba a esa hora de la mañana. Sería mejor esperar un poco a lo que vendría después.

Sonia regresó con dos hojas de papel, se sentó de nuevo y comenzó a examinarlas con atención. En la primera había una lista, pero era un poco rara. Los artículos eran completamente extraños y las cantidades desproporcionadas. Además, los precios eran completamente disparatados y en una moneda extraña. Entonces, no era una lista de compras. Nadie escribe el precio para acordarse de algo. ¿Qué sería aquello? Contenía los siguientes artículos:

30 ovejas
20 fardos de lana de Anatolia
2 peines de lana
2 peines para el cabello

3 cucharas de palo
2 telares de madera
1 caja de madera con husos
15 tejidos de buena calidad

Carol permaneció atenta, pero Sonia leyó mentalmente. No dijo nada, intrigada con aquello, sin entender nada en absoluto. ¿Peine de lana y para el cabello? ¿Qué? ¿Sería que alguien iba a peinar carneros? ¿Y aquello de los tejidos elaborados en telares de madera?

Después leyó la otra hoja. Había un mensaje como el de la egipcia que había aparecido en el trabajo de Historia: sin señales de ser un *e-mail* y sin el encabezado propio de una carta. Comenzaba con un lenguaje como el que Andrea acostumbraba utilizar en su oficina, pero después cambiaba:

Una vez más me disculpo por la intromisión e insistencia, pero espero que gracias a la repetición de este procedimiento, pueda contar con vuestra comprensión.

Me siento sumamente satisfecha de comprobar que nuestro modelo jurídico sigue despertando vuestro interés, a pesar de todo el tiempo transcurrido. Todos nosotros nos sentimos orgullosos del trabajo de codificación que el gran rey Hamurabi —pastor de nuestra salvación— hizo al compilar por escrito las leyes que nos rigen, a fin de orientar la disciplina estricta y la buena conducta de nuestro pueblo. Pero yo quería contaros a vosotros (a fin de cuentas, ustedes son más pequeñas que yo, y mucho menos antiguas, y creo por lo tanto que en ese caso es preferible llamaros o llamar a las señoras de "ustedes") algo de lo que me enorgullezco mucho: solo soy una mujer del pueblo, pero sé escribir. Ese es mi orgullo personal. No sé utilizar esos términos complicados de los códigos (no lo sabía, pero actualmente, en estas ondas etéreas, cualquier escriba se contamina con todos los idiomas que existen en estado virtual, y yo también termino por intentarlo). Nunca tuve la profesión de escriba, madre de la elocuencia, padre del saber, una delicia de la cual nadie se siente saciado, como dice el poema escrito en su honor. Sin embargo, aprendí las nociones básicas y siempre supe formar las palabras esenciales para mis funciones en las tablitas de arcilla. Cuando mi marido salía en la caravana para negociar con los mercaderes de otras tierras, yo me encargaba de enviar los mensajes necesarios para sus contactos comerciales, y también de mantener en orden toda la escritura de nuestros negocios, especialmente en lo que se refiere a los tejidos. Recordaba exactamente las mercancías que había llevado otro mercader en la caravana y que aún teníamos que pagar. Pero yo no era la única. Otras mujeres también hacían eso, pues somos nosotras quienes siempre tejemos y entendemos de hilos y tejidos. Ese era nuestro oficio y siempre fue así. Por eso, en nuestro pueblo —que inventó la escritura antes que cualquier otro, siempre es conveniente recordarlo—, varias mujeres aprendieron a utilizar los diferentes tipos de cálamos que necesitábamos: los afilados para hacer los bosquejos, los de punta triangular para calcar los caracteres en la arcilla blanda, o los de punta redonda para hacer números.

Pero ya nada de eso tiene interés ahora. Mi saber crece y se transforma en cualquier escritura que vosotros podáis hacer por computador. Hoy quería mostraros que sé escribir y que eso me alegra. Es una alegría que prevalece a través de los siglos, aunque yo no redacte códigos jurídicos y sepa que simplemente es una investigación que ustedes me transmitieron ahora, en una época en que las mujeres ya estudian códigos, elaboran leyes y pueden juzgar.

Era solo eso. La página acababa y también el texto.

Tal vez hubiera otra hoja que Andrea no había guardado. O tal vez no.

Pero una vez más, lo que Sonia tenía frente a sus ojos no era exactamente una carta ni un *e-mail*, sino un mensaje de alguien que se dirigía directamente a un lector. Que no sabía cómo tratarlo, y confundía "vosotros" con "ustedes". Solo que ahora no se presentaba como Nefertiti ni contenía conversaciones egipcias, sino que prefería hablar de leyes y asuntos de abogados, y del tal Hamurabi. ¿Por qué?

Es decir, que el virus del bromista erudito había atacado de nuevo. Pero daba más pistas y ahora Sonia tenía un interés diferente: podría hablar con Miguel y pedirle ayuda.

Tal vez, una pista

—¿**S**abes que se parece a un virus que conozco?

Sonia quedó doblemente contenta cuando escuchó a Miguel decirle eso. Ella le había contado claramente que su computador tenía un problema y le había mostrado mensajes de un bromista que se hacía pasar por alguien de otra época. Aquello le parecía un poco extraño e increíble, y temía que su amigo se riera de ella y que no la tomara en serio. Era un alivio saber que a otra persona le había ocurrido algo parecido, y que podía ayudarla a resolverlo.

Incluso antes de que ella lo llamara para decirle que fuera a su casa a revisar el computador, él ya se había ofrecido:

—¿Puedo ir a darle una mirada?

—Claro, cuando quieras.

—Sentí mucha curiosidad. Tal vez ahora pueda entender mejor, porque antes no logré entender nada. Por suerte, el problema desapareció del mismo modo en que apareció. No me dio tiempo de mostrárselo al personal de asistencia técnica de la escuela.

—¿Y por qué querías mostrarlo en la escuela? —quiso saber Sonia.

—Porque fue en un computador de la sala de Informática, ¿no te lo dije?

No, no se lo había dicho. Había otras cosas que Miguel tampoco le había explicado y que le fue revelando poco a poco. Ahora la chica sabía que el problema había sucedido en el colegio Garibaldi, en uno de los pocos aparatos de uso colectivo que no descansan nunca, con decenas de niños y adolescentes alternándose en el teclado durante las clases de Informática.

—Pero ¿qué fue exactamente lo que te sucedió? —preguntó.

—Bueno, no fue exactamente a mí. Pero lo vi.

Hizo una pausa y empezó a contarle con una pregunta:

—¿Conoces a Robi?

—Claro, Miguel. ¿Quién no lo conoce?

Robson no era alumno de la escuela, pero todos lo conocían. Uno de los orgullos del colegio Garibaldi era un curso nocturno que los alumnos de segundo les ofrecían a los adolescentes de una favela cercana. La escuela prestaba los salones, y los estudiantes daban la clase bajo la supervisión de algunos profesores. La idea era hacer un trabajo voluntario que ayudara a preparar a los jóvenes con menos conocimientos para los exámenes universitarios, y aumentar así sus probabilidades de entrar a una facultad. Un convenio con la universidad de los sacerdotes, situada en el mismo barrio, garantizaba una beca para quienes aprobaran el examen y completaba el proyecto del curso. Sonia daba clases de Historia todos los miércoles por la noche.

Robi era alumno de ella. A propósito, era un buen alumno. Además, era un futbolista excelente y siempre estaba jugando con los alumnos del colegio en la cuadra del Garibaldi. Y cuando había un partido importante con algún equipo de afuera, hasta los profesores de Educación Física trataban de entrar a Robi en el equipo del colegio, pues era un refuerzo valioso, y posteriormente salían juntos a conmemorar las victorias o a olvidar las derrotas. Y por eso Robi era prácticamente uno más del colegio, aunque no estudiara allí.

—El problema con el computador se presentó con Robson —explicó Miguel—. Él estaba escuchando música y quería imprimir varias copias de la letra de una canción para todo el grupo…

Ah, porque además de ser un gran jugador Robson también era compositor y presentaba un programa semanal en la radio comunitaria de la favela, y últimamente estaba componiendo unos *raps* muy buenos.

–... Entonces me pidió el favor de llevarme las letras a mi casa, pasarlas e imprimirlas en mi computador, pero me pareció mejor utilizar la sala de Informática del colegio, pues era más práctico y rápido. Lo hice todo bien, hablé con Tales, me dio permiso, y los dos nos encontramos al final de la tarde, antes de que comenzaran las clases del curso. Yo sé que Robi no tiene mucha práctica con los computadores, que a veces se enreda con algunas teclas y comandos, y por eso mismo me pareció que sería bueno para él. Los dos llevábamos ya una hora y media, cada uno en su computador, cuando él me llamó y me dijo que le había sucedido una cosa extraña: había copiado todas las letras de las canciones y los renglones eran cortos (como los de un poema...), pero cuando fue a imprimir, apretó la tecla equivocada y apareció otra cosa, un texto con renglones de lado a lado que ocupaban toda la pantalla. Creí que simplemente era un problema de formato y me senté a su lado para revisarlo: era otro texto. En realidad, aparecieron dos. El primero era una historia sobre un anciano que vivía en la cima de un cerro y tenía unos asesinos trabajando para él, para mantener el control sobre las entregas de una mercancía.

–Qué situación tan difícil, Miguel... –comentó Sonia–. Robi no puede librarse de esos tipos ni para hacer música.

–Eso mismo pensé yo cuando leí eso. Me asusté. ¿Cómo es que esos tipos se estaban metiendo ahora con el sistema informático del colegio? Me pareció que era una amenaza, relacionada con lo que Robi dice en las letras de sus canciones, haciendo un llamado para vivir en paz y sin violencia. Así como aquella canción *funk:* "Yo solo quiero ser feliz/ andar tranquilamente por la favela en que nací". El ritmo y las letras son diferentes, pero la idea es la misma. Me pareció que los traficantes habían logrado invadir los computadores y querían asustarnos.

–¿Y no era exactamente eso?

–No sé, Sonia. El texto tenía unas palabras extrañas. Por ejemplo, no decía "droga" para referirse a la mercancía, sino "caravana". Algunas cosas tenían que ver con la situación de las personas, pero otras eran tan diferentes que parecían de otro planeta, con un lenguaje muy extraño.

–¡¿Cómo?!

–Calma, te estoy contando. Terminé de leer esa página, hice clic para pasar a la siguiente, y era una carta.

–¿Un *e-mail?*

–No. Una carta o un mensaje, pero no decía para quién era ni estaba firmado por nadie. Pero la persona explicaba que, cuando tenía la edad de nosotros, se había ido a viajar por el mundo con su papá y su tío. Había vivido muchos años en unos países muy lejanos, atravesado desiertos y montañas, mares y selvas y navegado por otro océano. Y que había visto muchas maravillas. Dijo que había sido consejero y embajador de un gran rey de Oriente, y contó una cantidad de cosas que ya ni recuerdo. Robi recordó después que el tipo decía incluso que fue inventor de los macarrones, o algo así. Pero hay algo que no he olvidado, porque lo repetía cada cinco renglones: se sentía muy orgulloso de saber escribir y siempre quería mostrarnos eso…

–Igualito a nuestro bromista erudito –comentó Sonia.

–Así es. Reparé en ese detalle ahora, cuando me contaste lo de tus mensajes; fue por eso que lo recordé. También dijo que mucho tiempo después, cuando ya estaba muy viejo y regresó del viaje, había sido encarcelado, y aprovechó para escribir un libro contando todas esas maravillas. Explicó que tuvo mucho éxito en todo el mundo, pero que no lo escribió personalmente; se lo dictó a un compañero de celda, que era escriba profesional.

–¡Caramba! Me hubiera gustado leer ese mensaje. ¿No lo imprimiste?

–Ni siquiera se me pasó por la cabeza. En ese momento yo sólo quería librarme de él y regresar a la página con las letras de las canciones de Robi. Leí y releí dos páginas, pero después las cerré. Seguramente desaparecieron, pues no las guardé.

Sonia sintió una gran decepción. Ya se estaba animando con la idea de poder comparar sus dos mensajes con este otro. Insistió:

–¿Y los de asistencia técnica?

–No entré en muchos detalles con ellos. Temí que pensaran que la culpa era de Robi y que no lo dejaran utilizar más el computador de la escuela. Pero le comenté a Tales, y me dijo que no me preocupara, que le iba a dar una mirada.

–¿Y no encontró nada? –quiso saber ella, un poco más esperanzada.

A fin de cuentas, Tales sabía mucho de computadores; era su trabajo, y seguramente iba a descubrir algo.

–Bueno, al día siguiente me dijo que no había encontrado nada extraño, que debía ser un trabajo de algún alumno que había utilizado el computador y que nosotros se lo habíamos borrado. Seguramente se pondría furioso, y nos quedamos esperando a que el dueño del texto nos hiciera el reclamo.

Sonia tenía una curiosidad enorme, y ni esperó a que Miguel siguiera hablando con su calma habitual. Intentó apresurarlo:

–¿Y después?

–Después no pasó nada, solamente eso. Hasta hoy, cuando me contaste el secreto de nuestro maravilloso trabajo en grupo sobre el antiguo Egipto, y la historia de tu hermana con la carta de esa mujer que hacía listas de compras.

La joven lo miró incrédula:

–Miguel, confío en ti y te dije algo que no le había contado a nadie. Pero te conozco, somos amigos desde que tenemos uso de razón, y aseguraría que me estás escondiendo algo. ¡Y eso no me gusta nada!

Miguel inclinó la cabeza y permaneció un tiempo mirando el suelo. Después miró fijamente a Sonia, le lanzó una sonrisa de aquellas que derriten cualquier helado, y le confesó:

—Me conoces bien: no lo negaría. No puedo decirlo porque no estoy seguro; es simplemente una idea. Pero no quiero que te enojes ni que creas que es falta de confianza. Confío plenamente en ti, pues eres mi amiga y una chica súper especial. Te diré entonces lo que estoy pensando. Sólo te pido un favor: que no te lo tomes muy en serio, porque puedo estar equivocado y siendo injusto con alguien.

"¿Equivocado? ¿Cómo? Si acabas de decir que yo soy una chica súper especial. Eso no tiene nada de injusto. Creo que nunca antes he estado tan segura de ciertas cosas…"

Los pensamientos de Sonia giraron en torno a esto, luego de mirar fijamente a Miguel a los ojos, y de la sonrisa que se apoderó de él.

—En mi opinión, no es un virus. Creo que se trata de un *hacker*. Sabes qué es eso, ¿verdad? Uno de esos tipos que invaden los computadores de otras personas.

—Sí, oí hablar de eso.

—Se trata de un delito, Sonia. Así sea por bromear, es algo que está mal y que puede perjudicar mucho a los demás. Hay casos que pueden ser peores; la persona puede ser de una banda que les roba dinero a los bancos, estafa empresas y mil cosas más. La policía persigue a esas personas.

–¿Entonces crees que se trata de algo peligroso?

–Claro que sí, pero no veo cómo en este caso. Tienes razón cuando dices que alguien estaba jugando, haciéndose pasar por un bromista y queriendo divertirse. Parece que solo se trata de eso, pero después de lo que me contaste y de lo que he podido comparar entre las dos historias, creo que ahora tenemos algunas pistas de ese *hacker*, tú "bromista erudito". Recuerdo muy bien que en el mensaje que leímos Robi y yo el tipo decía que era de Venecia.

–¿Crees que es italiano y que por eso su lenguaje era un poco extraño? ¿Será que conocemos a algún italiano? No recuerdo. Pero él puede estar mintiendo para disfrazar las cosas…

Eran muchas ideas al mismo tiempo, y Sonia estaba un poco confundida.

–No, Sonia; piénsalo bien. Nosotros sabemos quién es ese tipo de Venecia, porque ya lo estudiamos. Pero muchas personas no lo saben, de modo que no podría divertirse con ellas valiéndose de esa historia. Solo funciona con nuestro grupo. ¿Recuerdas uno de los libros que leímos el año pasado en la clase de Marisa…?

Ella pensó, pero no recordó nada en concreto; tenía un recuerdo muy vago. Miguel continuó azuzando su memoria:

–¿Quién fue el gran viajero que salió de Venecia cuando todavía era joven, recorrió todo el Oriente, fue consejero y embajador del emperador Kublai

Khan, fue encarcelado cuando regresó a Italia y escribió el *Libro de las maravillas* en prisión?

—¡Marco Polo! —exclamó ella—. ¿Cómo es que no había pensado en eso antes?

—Ya lo pensaste, y eso es lo que importa.

—Pero no entiendo por qué pueda ser una pista.

Miguel vaciló un poco antes de continuar:

—Bueno… es una pista muy pequeña. Puede que no se trate de nada. Pero ese bromista que se está burlando de nosotros ya habló de Egipto y de Nefertiti. Y lo hizo tan bien que nuestro grupo sacó la mejor nota. Después le habló a tu hermana abogada, que sabe de leyes, de Babilonia y del código de Hamurabi, y ahora nos habla a nosotros de Marco Polo. ¿Recuerdas al viejo de la montaña que tenía a un montón de asesinos a su servicio? Es como lo cuenta Marco Polo, ¿recuerdas? Él también habla de un cerro, de asesinos y de mercancías, justamente cuando Robi estaba escribiendo un *rap* que tenía que ver con eso. Es decir, que siempre tiene alguna relación con nosotros.

Miguel hizo una pausa, respiró profundo y continuó:

—Por eso creo que se trata de alguien que nos conoce. Pero también es alguien que ha leído muchos libros y sabe mucho de historia. Estoy sospechando que puede ser Meireles.

—¿Cómo iba a enviarle un mensaje a mi hermana, si no la conoce?

—Pero ella estaba en tu computador, y si es un *hacker*, debe haber leído el documento que estaba escribiendo ella. La vio hacer una investigación sobre el código de Hamurabi y aprovechó para hablar de ese tema.

–¿Será Meireles? No sé…

¿El profesor de Historia? No, eso no era convincente. A fin de cuentas, y tal como dijo Sonia:

–¿Y por qué Meireles haría una cosa así? ¿Qué podría ganar con eso? ¿Qué interés tendría en ayudarnos y en calificarnos con una nota tan buena? A nosotros, que debimos hacer el peor trabajo…

Esta vez fue Miguel quien permaneció pensativo.

–Sí… en eso tienes razón. No tiene sentido. No había pensado en eso. Y no cuadra con Meireles, tan aficionado a dar lecciones de moral. Pero ese *hacker* realmente es alguien que sabe mucho de Historia, tanto como Meireles.

Permanecieron un momento en silencio, y después Sonia dijo:

–Vamos a mi casa para que leas los textos y examines bien el computador. Prometo que no solo vamos a explorar. Podemos escuchar un CD nuevo que me gané y te voy a hacer una merienda *súper especial*.

Él entendió la broma, pues sonrió y dijo:

–Tan *especial* como nosotros dos. Vamos.

Dosis doble

Leyeron y releyeron los mensajes y los textos, pero por más que se esforzaron, no llegaron a ninguna conclusión.

Decidieron pasar entonces a la merienda *súper especial* y al CD, en medio de conversaciones especialísimas, como dos viejos amigos llenos de afinidades que comienzan a ver poco a poco nuevos encantos el uno en el otro. Muy lentamente, tal vez incluso demasiado, sobre todo para el gusto de Sonia, quien ya no tenía dudas de que le gustaba Miguel, y hacía fuerza para que él estuviera sintiendo lo mismo por ella.

Terminaron por no hablar más del misterioso invasor de computadores. Por lo menos no aquella tarde.

Durante algunos días no se presentaron novedades extrañas en el computador y se fueron olvidando del bromista erudito. Pero el sábado de la semana siguiente, el asunto surgió de nuevo. En dosis doble.

Sonia tuvo dificultades para creer lo que Miguel le dijo cuando el teléfono sonó por la mañana:

—¿Tienes algún programa para hoy? ¿Puedo ir ahora? Podríamos salir, pues tengo algunas novedades que contarte. Pero tiene que ser personalmente.

Ella le respondió que no tenía ningún plan para el sábado y prometió esperarlo. Pero realmente tenía dos programas. Fabiana iba a almorzar en su casa porque quería conversar con Andrea. Había dicho que tenía que hablar de un asunto muy serio con ella. Y después del almuerzo, la hermana mayor las iba a llevar al centro comercial, para hacer unas compras e ir al cine.

Pero el encuentro con Miguel tenía prioridad. Sin duda alguna.

Sonia colgó el teléfono, corrió hacia el baño y les gritó a las hermanas, que estaban en la sala:

—No podré ir hoy con ustedes. Dejemos las compras para otro día, o pueden ir sin mí.

Carol hizo una mueca de disgusto. Ir sola con su hermana mayor no tenía ninguna gracia, era mejor cancelar la salida de una vez. Andrea quedó encantada:

–¡Magnífico! Así no tengo que estar a merced de ustedes. Aprovecho que papá me prestó el auto para hacer unas cosas.

Y fue a arreglarse, al igual que sus dos hermanas.

Sonia se acordó de Fabiana al salir del baño. Intentó sugerirle a Andrea que se quedara en casa para almorzar y conversar con su amiga, pero su propuesta no despertó el menor entusiasmo. Tendría que llamar a Fabiana y cancelar el programa.

–Está bien, Sonia. No te preocupes –dijo la otra–. Lo dejamos para otro día. No tengo prisa; ese asunto ya lleva mucho tiempo y recién ahora me armé de valor para hablar…

La desilusión era evidente en su voz. Sonia se arrepintió un poco. No había pensado mucho en ese compromiso, pues no tenía nada que ver con ella. Sin embargo, se preocupó en ese instante. A fin de cuentas, Fabiana y Andrea apenas se conocían, no tenían la misma edad ni eran del mismo grupo. ¿Qué podría querer su amiga con su hermana mayor?

–¿Estás segura? ¿Todo está bien?

–Sí… solo era algo profesional. En realidad, creo que llamaré a Andrea para ver si voy a su oficina. Así podremos hablar mejor.

Ah… entonces se trataba de algo muy serio. Si Andrea era abogada y Fabiana la estaba necesitando, era porque debía tener un problema. Sonia vaciló; no quería entrometerse y debía aceptar el hecho de que Fabiana no le había hecho ninguna confidencia.

Al mismo tiempo, tampoco quería dejar a su amiga abandonada a su suerte.

−Escucha, Fabiana. Te dije que me había salido un programa de repente y es cierto. Pero si quieres, puedo cancelarlo y te encuentras con mi hermana. O si tienes algún problema y puedo ayudarte, solo tienes que decírmelo. Soy tu amiga, y no olvides que estoy aquí para lo que sea.

−No, no, todo está bien... −negó la muchacha, pero el tono de su voz no denotaba firmeza.

Parecía dudar, pero luego continuó:

−Realmente, yo quería hablar con ella sobre unas cosas que tengo que investigar en Derecho. Es la única abogada que conozco. Pero lo dejaré para otro día. Chau.

Y colgó el teléfono. No dio tiempo a que Sonia le explicara que Andrea solo era una estudiante de Derecho; que cursaba el último año y hacía prácticas en una oficina, pero que todavía no era abogada. ¿Y cuál era la historia esa de la investigación? Las dos eran del mismo grupo, ningún profesor les había mandado a hacer ningún trabajo que exigiera ese tipo de cosas, y Fabiana no tenía la menor pretensión de presentarse a la universidad o de estudiar Derecho algún día. Si había alguien del colegio Garibaldi con una idea fija en materia profesional, era ella: "Quiero ser modelo". Pero ¿investigar unas cosas de Derecho? Eso no cuadraba.

Iba a comentarles a sus hermanas, pero en ese momento sonó el timbre y Andrea contestó.

–Es tu compañero Miguel. Está subiendo.

Carol señaló:

–Ah, fue por eso que cambiaste de idea y decidiste no salir con nosotras, ¿verdad? Ya sé: es por Miguel... Ahora te la pasas todo el tiempo en esas: Miguel para acá y Miguel para allá...

–Déjate de tonterías –la interrumpió Sonia–. Vino a ayudarme con el virus del computador.

Andrea se interesó al oír eso.

–Hablando de virus, no se imaginan... –y empezó a contarles.

Mientras Carol se reía con ironía, como quien no creía en excusas para aquella visita matutina, y Sonia iba a abrirle la puerta al chico, la hermana mayor empezó a comentarle con todo detalle otro caso de virus que su novio le había contado.

Recién después de algún tiempo, cuando Miguel ya estaba en la sala, fue que le prestaron atención a lo que decía Andrea, sentada en una silla y abriendo una revista.

–... Es muy parecido al de tu computador. El tipo estaba desesperado. Carlos cree que es un *hacker*, pero eso puede ser un problema delicadísimo *en una oficina de escribano*. ¿Se imaginan a un tipo que entre a otro computador y vea todos los documentos? Carlos dijo que sería bueno hablar con el escribano y llamar a la policía, pero al escribano le dio miedo que le echaran la culpa.

Sonia y Miguel se miraron. La chica le preguntó a la hermana:

–¿Qué estabas diciendo? Repítelo.

–No prestas atención a lo que estoy diciendo y después quieres saber. No tengo un botón de *replay*, ¿me escuchaste? –respondió su hermana, un poco enojada.

Miguel intervino, intentando defender a su amiga:

–No, la culpa fue mía. No sabía de qué estaban conversando y me puse a hablar con ella al mismo tiempo. Discúlpame.

–Está bien; lo repetiré. Estaba diciendo que ustedes necesitan reparar el computador de una vez por todas, antes de que el virus se propague. Creo que contaminé el de Carlos, y él contagió el del escribano. Dentro de poco se convertirá en una epidemia.

Ella hablaba como si se tratara de un virus o bacteria donde una persona le transmite una enfermedad a otra. Pero Miguel se interesó y le hizo varias preguntas. Andrea resumió la historia y contó que Carlos y un cliente fueron a hacer una escritura a una notaría, y que apareció una hoja extraña en medio del documento, que no tenía nada que ver, una especie de carta con una broma. El escribano se alteró mucho, y dijo que alguien quería burlarse de él.

–¿Y guardaste ese papel o lo arrojaste a la basura?

–¿Cuál papel? ¿La escritura? Por supuesto que está guardada. El cliente se llevó todo. Carlos lo ayudó y todo quedó bien. Es fantástico. Súper competente, atento…

–No me refiero a la escritura, sino a la broma.

–Ah... creo que Carlos la guardó. Recuerdo que dijo que podía ser útil.

–¿Crees que me la dejará ver si se lo pido?

Ella se puso seria:

–¡Claro que no! ¡Qué idea es esa! Son secretos profesionales. Es algo importantísimo. Es una precaución básica que debe tener cualquier abogado. Es de interés exclusivo del cliente. Y nadie tiene por qué ver los documentos de otras personas.

Sonia ya estaba familiarizada con la distracción de su hermana, y notó que había pasado de nuevo, hablando y hojeando la revista al mismo tiempo. Le pareció mejor explicarle:

–No, Andrea. Nadie quiere ver ningún documento. Miguel sólo quiere ver la carta de la broma para estudiar el virus. Es simplemente una curiosidad técnica. Tal vez eso ayude a reparar mi computador. ¿No puedes darle el teléfono de Carlos? Así los dos pueden hablar.

La hermana mayor anotó el número en un papel y se lo pasó al chico; mientras, Sonia tomaba su mochila. Los dos salieron y ella se enfrascó de nuevo en la revista.

Miguel estaba exaltadísimo.

–El bromista erudito ataca de nuevo... –bromeó cuando subieron al ascensor–. Ahora las cosas serán más fáciles. Tan pronto lo supe, quise venir a contártelo.

–¿Tan pronto lo supiste? Pero si Andrea acaba de contarnos, ¿cómo lo sabías?

–No lo sabía; es un nuevo ataque. El que vine a contarte fue uno que apareció en el computador de Guillermo. Parece que ahora es una dosis doble.

O triple. Pero a esas alturas, nadie sospechaba que Fabiana tenía un problema parecido.

Tal vez fuera incluso una dosis cuádruple. Pero de las desventuras de Robson sería aún más difícil desconfiar. Solo sabrían de ellas unas semanas después.

Una cuestión de estrategia

Guillermo es maniático de los juegos. De cualquiera. Pero sin duda alguna, prefiere los electrónicos.

Y si pudiera, pasaría las veinticuatro horas del día frente a una pantalla jugando, persiguiendo, escapando, marcando puntos, muriendo, pasando al siguiente nivel, planeando jugadas, batiendo récords, como si la televisión y el computador fueran simples extensiones de un monitor. Guillermo no ve películas ni programas cómicos, no ve noticieros, ni le emocionan en lo más mínimo los *clips* de las bandas que todo el mundo quiere ver; solo le gusta algún que otro grupo metalero muy de vez en cuando. Enciende la televisión para ver deportes o todo lo que sean juegos, de todos los tipos existentes. De fútbol, básquetbol, vóleibol, hasta ajedrez, billar y golf (cuando transmiten esos deportes en un canal de cable). Mateo jura que un día lo sorprendió viendo un campeonato de dominó: ¿pueden creer? Esto tenía que ser broma.

Navega muy poco en Internet y no pasa horas chateando con sus amigos en la red. La mayor parte del tiempo se desconecta del mundo y juega durante varias horas seguidas. Solitario, rompecabezas o lo que encuentre, pero es obvio que prefiere los juegos del computador. O, tal vez, aquellas partidas interminables de juegos de rol que duran varios días, con un montón de amigos tirando los dados, haciendo el papel de héroes o enemigos, alternando silencios y gritos.

Al grupo le parece difícil que alguien pueda ganarle a Guillermo, con tanta práctica en los juegos electrónicos. Tiene reflejos rápidos y mucha precisión. A sus amigos no les gusta mucho jugar juegos de acción con él porque no tiene ninguna gracia: siempre les gana con movimientos de *joystick*, con el *mouse* o con el teclado. Es un campeón.

Lo que tiene es que a veces no es tan bueno para los juegos de estrategia, principalmente en las fases más difíciles. No tiene mucha paciencia. En esos casos, le gusta llamar a alguien que lo ayude con la planeación y con quien pueda aprender a ser todavía mejor. Alguien como Miguel, por ejemplo, quien es capaz de permanecer mucho tiempo en silencio, analizando las alternativas para decidir cuál es la más interesante en un juego que está imaginando con varias horas de anticipación. Miguel interrumpe el juego, va a prepararse un sándwich, regresa comiendo y permanece, sin embargo, pensando un largo rato en la próxima jugada. Y al final acierta. Así que a veces a Guillermo le gusta jugar contra él, cada uno en su casa, en un computador diferente. Es emocionante encontrar un adversario fuerte de vez en cuando. Pero otras veces permanecen sentados lado a lado, frente al computador de Gui, jugando contra el sistema. En momentos como ese, Miguel se hace muy valioso y aumenta mucho las probabilidades de ganar.

Y fue justamente en un día como ese que el bromista erudito decidió aparecer de nuevo.

Los dos amigos estaban disputando un nuevo juego, lleno de obstáculos diferentes. Era un CD-ROM importado que el padrino de Guillermo había comprado en un viaje a San Pablo. Transcurría en la Edad Media, la época preferida de Gui, y estaba lleno de caballeros, armaduras, cercos a castillos, justas con lanzas, torneos con banderas ondeantes en el viento, damas prisioneras en torres, pociones mágicas, dragones, cruzadas, pergaminos con iluminaciones, magos, encantamientos, calabozos; un montón de cosas. Podían jugar durante varias horas, siempre con elementos nuevos, sin que se repitiera casi nada.

Y por eso Miguel pasó el día entero en la casa de Gui. Fue así como terminó viendo un mensaje que apareció en la pantalla de repente, salido de la nada. Su amigo ya estaba listo para apagar el computador. Sin embargo, y gracias a la rápida intervención de Miguel, conservaron el texto durante algunos minutos, lo cual bastó para leerlo y releerlo, antes de que todo desapareciera en un movimiento rápido e incontrolable que la impaciencia de Gui se encargó de realizar para regresar de nuevo al juego.

–No puedo decir que me acuerde de todo, pero presté bastante atención y creo que puedo repetirlo en líneas generales –le explicó Miguel a Sonia mientras iban a casa de Guillermo.

Como pronto comprendió, él no la había llamado exactamente para hacer un programa de sábado, de cine y merienda, como ella había imaginado llena de esperanzas. Pero era evidente que deseaba su compañía y valoraba su ayuda en el desafío que suponía descubrir quién estaba detrás del misterio del bromista entrometido.

–¿Y crees que fue un nuevo ataque de virus? ¿Del bromista erudito?

–Creo que sí. Pero Guillermo asegura que no es posible, porque CD-ROM es la abreviatura de *Compact Disc-Read Only Memory*. Es decir, que es un disco con memoria solo para lectura y nadie puede entrar en él, pues no está habilitado para recibir mensajes de Internet.

Hizo una pausa y continuó:

–Solo que ocurrió algo diferente. La persona utilizó otra estrategia. El mensaje no vino por Internet sino por el juego, lo que en el fondo se me hace muy parecido. Pero utilizó un personaje.

–¿Cómo? –quiso saber la muchacha, cada vez más curiosa.

Ya estaba llegando casi a la entrada del edificio de Guillermo. Iban a tratar de repetir la experiencia. Por lo menos, esa era la idea. Tal vez resultara. ¿Quién sabe?

Miguel ya le había contado en general lo que había sucedido el día anterior. Y ahora le explicaba que en el juego de Guillermo había varios personajes. Dependiendo de la situación, el jugador (o los competidores, si fueran más de uno, pero ese no era el caso, porque ellos dos estaban jugando en pareja contra el computador) podía ser derrotado y perder ciertas ventajas. Pero también podía ganar puntos y tener el derecho a buscar ayuda para enfrentar algún peligro especial. Esos aliados podían ser otros guerreros, un caballero misterioso o un mago, por ejemplo. Y había sido justamente en la torre de uno de esos magos o alquimistas donde apareció el mensaje.

–¿Un mago con caldero, sombrero puntiagudo y capa de estrellas? ¿Guillermo juega con esas cosas? –preguntó extrañada Sonia.

Miguel disimuló como si estuviera prestándole atención a la luz del ascensor, que estaba llegando al primer piso. Pero en realidad, estaba haciendo una pausa, porque quería que Sonia viera que el juego era cosa seria, de adultos, y no una cosa de niños. Y para no meterse en líos, también necesitaba evitar que ella le hiciera esas preguntas a Guillermo. Al cabo de unos segundos, respondió:

—No es eso, Sonia. Esos juegos son todos así. Son muy difíciles y elaborados, complicados como el ajedrez. Requieren de inteligencia, exigen un raciocinio matemático desarrollado…

—¿Y capa de estrellitas? —insistió ella, con cierto tono de burla.

—Bueno, no vi ninguna capa… La situación que estábamos viviendo ocurría en el interior de un castillo. El mago no iba a salir porque estaba dentro de la torre. Tal vez solo utilizaba la capa para abrigarse si le daba frío. Pero sí tenía un caldero, un sombrero puntiagudo, un montón de tubitos con unos líquidos coloridos burbujeando, una lechuza en una percha y un libro abierto.

—¿Con la receta de un hechizo y una varita mágica? —insistió Sonia.

Cada vez estaba más sorprendida con ese repertorio de juegos de Guillermo, un tipo a veces tan gótico que le gustaba vestirse de negro y era *fan* de unas bandas medio *punk*. Tan grande en tantas cosas, y ahora lo sorprendía sumergido en el universo de los cuentos de hadas, que ella y sus amigas habían dejado atrás hacía tanto tiempo.

Miguel respondió un poco impaciente:

—¿Cómo habría de saberlo? Yo no estuve inspeccionando nada. ¿Acaso no recuerdas que estaba jugando en el computador? Pero de repente, el libro giró, cambió de posición, quedó de frente hacia nosotros con las páginas abiertas y leímos el mensaje. ¿Quieres información sobre los detalles del personaje y la decoración, o quieres que te diga lo que leímos?

Ella percibió el leve tono de irritación en su voz.

–No, disculpa. ¿Qué estaba escrito en el mensaje? Dímelo.

Pero Miguel no se lo pudo decir, pues en ese instante la mamá de Guillermo abrió la puerta del apartamento y los invitó a entrar, completamente sonriente.

Recién algunos minutos después, luego de conversar en la sala, los tres amigos pudieron sentarse frente al computador y ella repitió la pregunta:

–Pero, a fin de cuentas, ¿cuál fue el mensaje misterioso que leyeron ustedes?

–Bueno –explicó Miguel–, era un texto con unas letras un poco extrañas, muy elaboradas, con la primera letra mayúscula de la página rodeada de una ilustración llena de colores dorados, rojos y azules.

–Góticas –aclaró Guillermo, especialista en la Edad Media–. Esas letras se llaman "caracteres góticos". Y las ilustraciones esas son "iluminaciones".

–¿Y qué estaba escrito?

Miguel respondió:

–Comenzaba con dos frases que recuerdo muy bien: "A ustedes les cuento. No soy el que todos creen que soy".

—¡Qué bien! —exclamó Sonia—. Es un personaje misterioso, pero puede ser parte del juego. Si nadie puede entrar a un CD-ROM, entonces vino en el disco.

Guillermo coincidió:

—Eso pensé. Pero después vimos que no era así.

Miguel aclaró aún más:

—Yo también pensaba eso. Solo que, poco después, él nos pidió disculpas por meterse en nuestro juego y por interrumpir lo que estábamos haciendo. Explicó que no tenía otra opción, pues necesitaba comunicarse con nosotros por otros medios además de Internet.

—Me pareció absurdo y decidí apagar el computador —interrumpió Guillermo—. ¿Cómo alguien iba a hablar de Internet en medio de un juego medieval? Pero Miguel no me dejó, y aparecieron más letras y páginas. El tipo contó una historia larguísima y no nos dejó jugar.

Los dos amigos le contaron a Sonia que el misterioso autor del texto se presentó y les explicó que realmente no era el mago que ellos habían visto poco antes en el juego. Era solo un ayudante que todavía estaba aprendiendo los secretos de la alquimia. Pero estudiaba mucho, sabía leer y escribir, y hablaba latín.

—Se la pasó todo el tiempo explicando que leía bien y rápido, que estaba acostumbrado a leer, que había estudiado en un monasterio, y que en aquella época casi todo el mundo era analfabeto… —dijo Guillermo.

–El virus siempre aparece con ese tipo de cosas –confirmó Sonia, con la seguridad propia de quien hablaba de un viejo conocido–. ¿Y después?

–Después dijo que mucho tiempo atrás había ocurrido un pequeño accidente mientras el mago hacía experimentos en busca del elixir de la juventud.

–¿Ese elixir es la famosa piedra filosofal? –quiso saber la chica–. Ya había oído hablar de eso. Es lo que buscaban los alquimistas, ¿verdad?

Guillermo suspiró para armarse de paciencia, y explicó que podía haber oído hablar de eso, pero que estaba confundida. La piedra filosofal, una misteriosa sustancia que era capaz de transformar en oro todo lo que tocara, era una piedra, naturalmente, y de ahí su nombre. Los alquimistas vivían haciendo experimentos para ver si conseguían descubrir la sustancia poderosa de la que estaba conformada esa piedra; y tenían también la esperanza de encontrar la piedra en un tesoro del Oriente o algo parecido. Pero el elixir de la eterna juventud era un líquido. Eran cosas completamente diferentes, aunque algunos estudiosos creyeran que el descubrimiento de la piedra fuera un paso fundamental para obtener el elixir. Entre los objetivos de la alquimia estaban los descubrimientos de la piedra y del elixir; y también de otras cosas, como el motor continuo, una máquina que se mueve eternamente sin gastar energía. Sin embargo, eran metas distintas; la búsqueda del motor siguió, y terminó contribuyendo al desarrollo de la Física, mientras que la búsqueda del elixir y de la piedra filosofal allanó el camino para varios descubrimientos químicos. En aquella época, la ciencia todavía estaba dando sus primeros pasos, pero la alquimia realizó varias investigaciones importantes. No era una magia tonta y sin sentido, como piensan muchas personas. En el fondo, los caminos de la humanidad...

"¡Basta!", quiso gritarle Miguel, interrumpiendo.

Quiso, pero no gritó. No iba a ser grosero con su amigo. Sólo dijo:

–Disculpa, pero nos estamos alejando del tema.

–No sé en qué sentido: sólo estoy explicando cómo era la alquimia en la Edad Media para que ella pueda entender el mensaje del ayudante del mago.

–Ya lo explicaste y todos entendimos. ¿Podemos continuar?

Guillermo asintió un poco molesto. Miguel continuó, y dijo que el ayudante del mago contó que una vez, cuando el alquimista estaba haciendo un experimento, le había caído un poco de líquido encima. Fue un accidente pequeño, pero le produjo consecuencias y las gotas le hicieron efecto durante mucho tiempo.

–¿El elixir de la juventud? ¿Quieres decir que él quedó con piel de bebé en algunos lugares del cuerpo donde le cayó el líquido, sin envejecer nunca? –Sonia procuró imaginar qué le había pasado al ayudante.

–No, ese líquido no debía ser el elixir de la juventud o de la vida eterna, como lo llamaban muchos –aclaró Guillermo–. Porque esa sustancia no fue encontrada nunca. Con los años, los alquimistas descubrieron que no podía fabricarse y dejaron de buscarla. Más tarde, solo quedaron los exploradores buscando la Fuente de la Juventud en tierras lejanas. Incluso aquí, en América, que en aquella época aún no había sido descubierta. Pero de cualquier modo, lo que el aprendiz contó fue que le cayó encima un ingrediente del elixir. Tal parece que no le afectó la piel, como tú imaginaste, pero sí su espíritu. Algo mucho más profundo que una simple marca en la superficie del cuerpo.

−¿Cómo?

−Por lo que dijo el tipo, hay algo en él que no murió nunca. Tal vez no haya alcanzado la eterna juventud, pero tuvo una vida eterna, una larga vida, cierta forma de inmortalidad o algo así.

−¿El tipo es medio zombi? ¿Un muerto vivo?

−No, como explicó Guillermo, no fue nada en el cuerpo; no se trata de una eternidad física, sino del espíritu.

La joven sintió un ligero escalofrío. Miguel continuó:

−Parece ser una cosa mental, pero no explicó qué era. Y eso es lo que queremos averiguar.

−¡Exacto! −coincidió Guillermo, más animado−. Vamos a jugar para llegar al mismo nivel, y ver si el libro de las fórmulas del alquimista nos trae otro mensaje.

−O, al menos, un trabajo de Química… como el que tenemos que entregarle a Nancy la semana que viene, ¿recuerdan? Como quería Mateo que intentáramos el día que sacamos la nota alta, cuando apareció el primer mensaje en el trabajo sobre los egipcios… −bromeó la chica, intentando disimular su nerviosismo.

Pero a los dos chicos no les pareció muy divertido y ella decidió guardar silencio.

Los tres jugaron durante varias horas. Superaron varios obstáculos, llegaron a la torre del mago con el sombrero puntiagudo, sin estrellas ni varita mágica. Pero esta vez el ayudante no se manifestó.

Fue una gran decepción. Estaban convencidos de que sucedería algo, ¡pero nada!

Habrían perdido el tiempo si al regresar a casa de noche, Sonia no hubiera encontrado una hoja de papel impresa sobre la mesa, junto con un papelito que contenía una breve nota de Andrea.

Era una lástima que Miguel ya no estuviera a su lado. Se habían despedido en la entrada del edificio y él ya se había marchado.

Además, no tenía celular. Después de leer y releer sola los dos papeles, la chica tuvo que esperar un buen tiempo hasta que él llegara a su casa y pudieran hablar por teléfono.

La nota decía:

> *Sonia:*
> *Hablé con Carlos, y le mandó esta copia del mensaje infectado a Miguel. Dice que lo llame, porque también quiere investigar esa historia del virus en el computador.*
> *Buena suerte,*
> *Andrea*

En otra hoja había algo mucho más extenso. La muchacha la leyó y releyó con atención. Cerró los ojos y se quedó pensando. El lenguaje era extraño; algunos fragmentos eran difíciles de entender, y tuvo que leerlos más de una vez:

Transformada la seguridad del mar cerrado por la amplitud del océano circundante, al final de algunas noches comenzamos a advertir que la estrella polar se ahogaba en el horizonte. Después de seguir navegando algunos días más por ese mar extenso, fui a dar por primera vez a vuestra graciosa tierra. Otros coterráneos ya habían hecho descubrimientos, y yo tenía muchos deseos de leer sobre ellos. Pero ninguna lectura preparó a este escriba para la belleza de vuestras costas, que se pierden de vista de una punta a la otra; ni para los grandes escollos que ostenta a lo largo del mar en algunas partes —ora blancos, ora rojos, con la tierra cubierta por grandes árboles—, ni para sus playas claras, llenas de altas palmeras y aguas infinitas. Aprecié y aprendí a admirar de tal manera la hermosura y la bondad de vuestra gente que seguí visitándolos durante varios siglos, aunque raramente me dejara percibir por alguien. O, en los pocos casos en que eventualmente ocurrió tal riesgo, siempre logré que el encuentro se presentara como un sueño, delirio o trance, como era propicio y convenía a mi difícil condición. Solamente en estas épocas más recientes, gracias a las inesperadas posibilidades abiertas por lo que llamáis "nuevas tecnologías", es que me he sorprendido de caer en tentación de romper mis amarras y hacerles rápidas visitas a algunos de vosotros. Con cuidado y desvelo. En otras épocas, el capitán de una nave les ordenaba ocasionalmente a algunos de sus tripulantes que se infiltraran entre los habitantes de la tierra, para ver cómo vivían y saber de ellos todo lo que fuera posible, aunque no supiéramos hablar su lengua. Siento que estoy actuando de un modo semejante.

Sin embargo, al percibir en vuestra escritura la referencia al cargo de escribano, me di cuenta de que somos hermanos de oficio, y que quizá eso pueda aproximarnos. Si esto llegase a acontecer, este escriba convertido al cristianismo se considerará muy feliz, encaminado hacia la redención, y cantará gracias a Dios Nuestro Señor, que comienza a liberarlo de su condena milenaria.

Vasco Manoel Coutinho

Miguel escuchó a Sonia leer por el teléfono.

Y cuando ella terminó, sólo dijo:

–¡Guau! ¿Podrías leerlo de nuevo?

Ella lo hizo, y él se exaltó:

–¡No es posible! ¡Léelo de nuevo! ¡Esta vez lo ha firmado! Está dejando tantos mensajes que tiene que haber dejado algún indicio; tenemos que descubrirlo...

–Pero ¿cómo?

–No sé... pero tenemos que encontrar una pista. No voy a pedirte que lo leas de nuevo; sería un abuso. Pero ahora tengo la certeza de que terminaremos por descubrirlo.

–¿En tu casa hay· fax? En ese caso te lo mando para que lo leas las veces que quieras –sugirió ella.

–No, no tenemos. ¿Ustedes tienen un escáner? Podrías escanearlo y mandármelo por *mail*...

–No. Hay uno en el trabajo de mi papá, pero hasta el lunes...

–Mejor no. Si tengo que esperar hasta el lunes, entonces puedes darme el mensaje en el colegio.

Como el texto le pareció corto, Sonia ya iba a ofrecerse para copiarlo y enviárselo por la red, cuando oyó que Miguel decía:

–Creo que en ese caso podría pasar mañana a verlo, ¿te parece? ¿O ya te cansaste de mí después de un sábado entero?

¿Que si podía ir? Claro que sí... Dos días seguidos en compañía de Miguel, y el fin de semana... por lo visto, ella estaba con suerte, y de cierto modo el bromista erudito estaba haciendo el papel de Cupido, pues la estaba ayudando a que Miguel estuviera cerca.

–Sí, claro –dijo, reflejando entusiasmo en su voz.

–Podemos comparar lo que tenemos de él, con la seguridad de que encontraremos una pista mejor. Es solo una cuestión de estrategia.

"Y de suerte", pensó Sonia. "De mucha suerte."

Mensaje en una botella

Sonia y Miguel pasaron parte del día organizando el material que tenían sobre aquel invasor que se las daba de gracioso. No solamente lo que él (o ella) había dejado en sus mensajes, sino haciendo también un resumen de lo que recordaban de otras intromisiones que no habían dejado ningún registro impreso. Leyeron, releyeron, tomaron varias notas en papel reciclado. Solo interrumpieron sus actividades a la hora del almuerzo, una fantástica macarronada de domingo que la abuela italiana de Sonia nunca dejaba de preparar, con una salsa de tomate que cocinaba desde muy temprano a fuego lento y cuyo aroma tentador captaba cada vez más la atención de la pareja, a medida que el reloj avanzaba y el estómago les recordaba que ya estaba llegando la hora de comer.

—Te quedarás a almorzar con nosotros, ¿verdad? —le preguntó doña Flavia—. Pondré un plato más en la mesa.

—La comida de la abuela Nonna no es de despreciar —insistió Sonia.

Pero no necesitaba hacerlo: Miguel sabía que era famosa, aunque nunca la hubiera probado. Y el olor era delicioso e irresistible.

—No dije nada en casa —respondió el chico—, pero acepto. Llamaré a mamá para avisarle.

Una vez que colgó, preguntó:

—¿Puedo utilizar el teléfono de nuevo? Mamá me dijo que había un mensaje urgente para mí. Parece que Mateo ya me ha llamado tres veces a casa. Pasó la mañana del domingo buscándome; seguramente sucedió algo.

Así era: un nuevo ataque del bromista erudito. A esas alturas, casi todos los amigos ya estaban intercambiando ideas e impresiones sobre las manifestaciones del bromista. Menos Fabiana, que siempre estaba despistada (o por lo menos, eso creían ellos), y Mateo, que lo oía todo y no tenía nada para contar. A decir verdad, estaba incluso con un poco de celos, medio reticente porque nadie le había enviado mensajes misteriosos. Y también tenía cierto miedo de que sus compañeros empezaran a desconfiar que él fuera el culpable, pues creía que si seguía siendo la única excepción, podría convertirse en un verdadero sospechoso. Por eso, se animó mucho cuando entró en la misma onda que sus amigos: había recibido un mensaje. Era eso lo que quería contar con tanta urgencia en sus llamadas telefónicas sucesivas, tal como los otros dos no tardaron en saber.

–Miguel, ahora el tipo dice que es un sacerdote. ¿Te imaginas?

–Imposible –respondió Miguel–. Cada vez nos da una sorpresa diferente. ¿Lograste imprimirlo?

–Claro –confirmó Mateo–. ¿Crees que lo iba a dejar pasar después de todo lo que han dicho ustedes? Lo imprimí de inmediato; tengo la hoja acá en mis manos. ¿Quieres que te la lea?

–Por supuesto.

Mateo la leyó, y Miguel le pidió que le mandara el documento por Internet. Entonces los tres se sentaron frente al computador (sí, porque Carol ya estaba revoloteando alrededor de ellos y no quería irse), llenos de curiosidad.

Poco después estaban leyendo en la pantalla:

Tenéis nombre de evangelista, pero me parece que no os dedicáis mucho a las letras, lo cual es de lamentar. Principalmente en una época en la que todos tienen tantas facilidades para aprenderlas. Hubo una época en la que casi todas las personas de la sociedad eran iletradas y pocos lograban tener acceso a las páginas escritas.

Los libros eran escasos y muy costosos, y los únicos que podían tenerlos eran los ricos. No es de admirarse que esto ocurriese, pues cada volumen demandaba un trabajo penoso e intensivo por parte de todos nosotros, que nos dedicábamos a copiarlo para que la obra se pudiera multiplicar y perpetuar. En Occidente, mis compañeros y yo trabajábamos en nuestro despacho (que en aquel entonces llamábamos scriptorium, *un término en latín) en equipos de cinco en cada turno en un monasterio, y solo la Iglesia y las primeras universidades podían jactarse de contar con personas con capacidad para leer y escribir. Incluso los reyes y emperadores eran analfabetos.*

Afortunadamente, después tuve la oportunidad de experimentar diversas realidades, por ejemplo, cuando el hado me llevó a tu continente varios siglos después como miembro de la Compañía de Jesús, y ya muchos de nosotros disponíamos de esa habilidad, tanto así que pudimos hacer incluso una pequeña compilación del vocabulario de los nuevos pueblos que encontramos allí. Y la palabra escrita de algunos de mis compañeros pudo tener un mayor alcance, ir más allá del ambiente circundante y de las personas que nos rodeaban (como fue el caso de fray Bartolomé de las Casas en México, con sus crónicas; o del padre Antonio Vieira en Brasil, con sus sermones) y defender a los pobres indios de la crueldad y de los maleficios de aquellos que solo pensaban en esclavizarlos, como si no fuesen humanos y no tuviesen alma. De cierto modo, la palabra escrita surtió efecto, al influenciar a nuestra sociedad para que no aceptara que los pueblos del Nuevo Mundo fueran reducidos al cautiverio y tratados como animales. Mientras tanto, dicha protección terminó por dirigir la crueldad a otros pueblos, y la triste marca de la esclavitud siguió cayendo sobre los hombros de nuestros hermanos africanos, víctimas seculares de ese destino atroz. Sin embargo, es imposible dejar de constatar una vez más que la humanidad camina con pasos lentos y cortos, en un trayecto lleno de retrocesos y desvíos. Aunque a veces tengamos la impresión de que hemos avanzado, pronto somos obligados a comprobar con tristeza que hay otros aspectos susceptibles de ser considerados. De cualquier modo, me parece indudable que, de no ser por la transmisión de la sabiduría y del conocimiento de otras generaciones por intermedio de los escritos, estaríamos en una situación aún mucho peor. Cada individuo se vería obligado a comenzar de nuevo y a reinventarlo todo. Y el trabajo de Nuestro Señor giraría en círculos, condenado a repetirse por los siglos de los siglos, según contaban los paganos sobre el pobre Sísifo. Así como este pobre escriba que, por más que lo intente, jamás ha podido encontrar un alma caritativa que lo alivie de sus males, ¡ay de mí!

Así terminaba. De repente. Sin despedidas.

Llamaron de nuevo a Mateo y le preguntaron si había sucedido algo nuevo. No, no había sucedido nada. Pero el amigo no soportaba su ansiedad y quería ir a encontrarse con ellos.

—¿Puedo ir?

Claro que podía. Poco después, todos estaban leyendo de nuevo el mensaje que había traído impreso.

–¡Epa! Tenemos novedades –exclamó Miguel, al terminar de leerlo.

–¿Qué? –quiso saber Mateo–. ¿Conoces al padre?

–No, no es eso… pero repite un montón de cosas que ya dijo en los otros mensajes. Elogia la escritura, dice que se enorgullece de ser uno de los pocos que sabían escribir y esas cosas. Pero esta vez afirma claramente que vivió en siglos diferentes. Era imposible ser al mismo tiempo un monje copista medieval y un misionero explorador en América. Ese dato es nuevo, por lo menos de esa forma tan clara. Eso de regresar en otras vidas o en otras épocas ya se había insinuado en el texto del escribano, solo que en el medio del mensaje y de una forma confusa. Pero ahora se ha mostrado de lleno y ya no hay ninguna duda.

–¿Y ese tal Sísifo? ¿Lo conoces?

–Sí –dijo Sonia–. Oí hablar de él. Mi abuelo estaba hablando el otro día de eso. Es una historia antigua; creo que es un mito griego sobre un tipo que fue condenado a empujar una roca por una montaña, durante toda la eternidad. No sé por qué, pero recuerdo que tan pronto llegaba a la cima y se detenía a descansar, la piedra rodaba cuesta abajo y él tenía que subirla de nuevo.

Miguel retomó el tema:

–Esto es muy interesante. Mateo, antes de hablar contigo, estábamos haciendo una lista de las cosas que habían aparecido en todos nuestros mensajes. Y todavía no teníamos ese dato; es decir, que el tipo nunca había dicho en la misma carta que había vivido en épocas diferentes. Esa fue la novedad esta vez.

—Muéstrale la lista —sugirió Sonia.

Mateo examinó el papel con atención; lo leyó y lo releyó. La lista no era extensa: Miguel y Sonia no habían llegado a muchas conclusiones.

- *Es alguien que se enorgullece de saber leer y escribir.*
- *Cada vez está en un lugar y en una época diferente.*
- *No decide claramente cómo tratar al lector. Utiliza "usted", "vosotros" y "señor", y se confunde mucho.*
- *Utiliza un lenguaje un poco antiguo, pero manda sus textos por computador.*
- *Cambia de sexo.*

—No entiendo eso —dijo Mateo—. ¿Cómo que "cambia de sexo"?

—No está bien explicado —coincidió Sonia—. Lo que quisimos decir es que el bromista dice unas veces que es una mujer: una reina egipcia, una mercader de Babilonia, qué sé yo... pero otras veces escribe como si fuera un hombre.

—Como el padre o el escriba de la flota, por ejemplo —recordó Miguel—. O como el ayudante del alquimista o Marco Polo.

—¿Cuál ayudante? ¿Cuál alquimista? ¿Y cuál escriba? ¿De qué están hablando ustedes? —quiso saber Mateo, un poco triste por sentirse excluido de algún secreto compartido por los otros dos.

—Explícale —pidió Carol—. ¡Es imposible adivinar!

Miguel recordó que esas apariciones habían sido un poco recientes, novedades de la víspera de aquel domingo. Él y Sonia aún no les habían contado a los otros amigos. Realmente, tendrían que explicarles. ¿Acaso la intrusa de la hermana de Sonia no tenía razón?

—Bueno, el ayudante del alquimista es el mago aquel que apareció en medio del juego de Guillermo y que comenzó a hablarnos, pero no dejó un mensaje escrito porque Gui apagó el computador. El escribano también es nuevo, solo supimos de él ayer por la noche… —dijo haciendo un resumen.

Sonia le ayudó a resumir. Pero los dos tardaron un buen tiempo contando todas las novedades, porque Mateo quería saber detalles de todo, interrumpía, y preguntaba mil cosas. Además, leyó y releyó los mensajes acumulados, y tardó bastante en hacerlo. Pero en cierto modo fue útil; porque, al final, comentó como si estuviera armando mentalmente aquello como las piezas de un rompecabezas:

—Creo que tal vez podamos agregarle algo a la lista.

—¿Qué? —preguntaron los dos casi el mismo tiempo.

—No sé cómo explicarlo bien. Pero creo que el tipo está pidiendo ayuda. Y tengo ganas de ayudarlo.

—¿Ayuda? —repitió Sonia sin entender—. ¿Quién? ¿El *hacker*? ¿Quieres decir que el tipo está queriendo que seamos sus cómplices?

—¡Dios mío!, si eso fuera verdad, podría meternos en un problema serio. ¿Sabían que invadir computadores ajenos es un delito? Puedes ir a la cárcel –dijo Miguel–. No cuenten conmigo para eso.

Mateo los miró ligeramente extrañado:

–¿Se enloquecieron, ahora? ¿Qué es eso?

–No estamos locos. Voy a decir exactamente lo que pienso cada vez más –aclaró Miguel–. Creo que no se trata de un virus; nunca vi uno así. En mi opinión, estamos tratando con un sujeto experto y muy competente; una fiera en informática. Es alguien que sabe mucho de historia y que la utiliza para camuflarse. Intenta cambiar lo que dice según la persona a la cual se dirija. Habló de Egipto cuando estábamos haciendo el trabajo para Meireles. Vino con ese cuento del código y de las leyes cuando se apareció en la oficina de abogados. Mencionó al escriba de la flota cuando le mandó el mensaje al escribano de la notaría. Le envió una historia de bandidos y de traficantes a Robi. Se hizo pasar por medieval en el juego de Guillermo, porque sabe que a él le encanta la Edad Media y todas esas cosas. Y ahora te envía un mensaje a ti, Mateo, haciendo esa referencia a tu tocayo San Mateo, que escribió uno de los evangelios.

–Debe conocernos muy bien a cada uno de nosotros –añadió Sonia.

–O sabe leer el pensamiento –se arriesgó a decir Carol, pero nadie le prestó atención.

Miguel continuó:

–Hace ya varios días que estamos lidiando con un *hacker* que invade computadores y deja mensajes extraños como si estuviera bromeando. Pero, en

75

realidad, no puede ser una broma. A fin de cuentas, esa es una forma de marcar territorio, de mostrar que alguien ha pasado y dejado rastros, tal como acostumbran hacer los *hackers*. Todavía no sabemos quién es, por qué está haciendo eso, ni por qué nos eligió a nosotros; o si a muchas otras personas les está sucediendo lo mismo, solo que no tenemos la menor idea. El problema es que se trata de un asunto serio. Los *hackers* son criminales.

Los otros permanecieron pensativos y en silencio. Miguel continuó después de un momento:

−Puede parecer una broma, algo misterioso y divertido. Pero ¿qué tal si el tipo entra a un sistema bancario y roba dinero? ¿O si penetra en cosas del Gobierno y perjudica a un montón de personas, rompe esquemas de seguridad, hace alguna cosa terrible que ni puedo imaginar? No sé... pero puede ser muy peligroso.

Sonia sintió escalofríos y comentó sin mayor convicción:

−Tal vez debamos avisarle a la policía en vez de tratar de descubrirlo nosotros.

−No sé −señaló Miguel−. Seguramente dirán que son cosas de niños, y no nos tomarán en serio. Tal vez se rían incluso en nuestras propias caras. Pero he pensado en hablar mañana con Carlos. Él tiene más experiencia; puede orientarnos y darnos algunas sugerencias.

−¿Y quién es el tipo? −quiso saber Mateo.

−Un abogado, el novio de la hermana de Sonia; nos mandó una copia del mensaje del escribano.

También nos dejó un mensaje, diciendo que quería intercambiar ideas sobre esto.

Mateo escuchó callado, pensó un poco, y comentó:

—Sí, puede ser...

Pero no parecía muy convencido. Reflexionó un poco más, y dijo algo inesperado:

—¿Y si no fuera nada de eso?

Sus amigos replicaron sorprendidos:

—¿Cómo? ¿Se te ocurre algo mejor?

—No —respondió Mateo—. No puedo decir que se me ocurra algo ni que sea mejor. No sé bien cómo explicarlo; solo que sigo creyendo que es probable que no sea un *hacker*, un criminal, ni nada de eso. Tal vez solo sea un pedido de ayuda, como si alguien necesitara auxilio y tratara de ganarse nuestra confianza poco a poco, y de ser nuestro amigo...

—¡Claro, para usarnos después!

—No sé, pero no vi señales de eso. Creo que es para poder contarnos lo que quiere. Porque, la verdad, es que no veo que nos esté usando. Incluso me parece lo contrario: fuimos nosotros los que usamos su mensaje para sacar una buena nota en el trabajo de Historia. De paso, seguramente la perderíamos de inmediato si dijéramos que el trabajo que recibió tantos elogios por parte de Meireles no fue hecho por nosotros, sino por Nefertiti o por alguien misterioso que nos lo mandó terminado y lleno de detalles.

Silencio.

Mateo continuó:

–Lo que veo en esos mensajes es un poco diferente. Veo todo aquello que ustedes escribieron en la lista: es alguien que se enorgullece de saber leer y escribir, que vivió en épocas y lugares diferentes, etcétera; pero también veo a alguien que es educado, que pide disculpas por entrometerse, que intenta tratarnos con respeto, y que le da mucho valor al estudio. Es alguien que intenta comunicarse a toda costa, por todos los medios posibles, y envía un mensaje tras otro. Alguien que dice estar sufriendo, que necesita liberarse de una condena y tiene la esperanza de que podamos darle una mano. Pero no sirve de nada, porque nosotros no lo estamos entendiendo. Al contrario, estamos en contra de él, creyendo que el tipo ese es un criminal.

Nuevo silencio.

Miguel y Sonia no habían visto las cosas de ese modo. Permanecieron callados y pensativos. Y como los pensamientos no hacen ruidos, no se oyó sonido alguno.

Sin embargo, se escuchó la voz de Carol. Todos se habían olvidado de su presencia. Generalmente era muy entrometida, pero esta vez intentó contenerse y no dar motivos para despertar la rabia de los más grandes. Fue ella quien resumió la situación, diciendo:

–¡Qué bien! Una especie de mensaje en una botella, como las que se ven en los dibujos animados, flotando en medio de las olas, hasta que llega a alguna playa y alguien la abre... y los que la estamos abriendo somos nosotros.

¿Y si fuera así?

¿Modelo de qué?

Lograron concertar un encuentro con Carlos para el día siguiente y fueron a su oficina a finales de la tarde. Los tres, porque ahora Mateo no se separaba de la pareja por nada del mundo. Y Sonia agradeció a los cielos por haberse librado de Carol, que había intentado acompañarlos, pues adoraba a Carlos. Pero eso hubiera sido demasiado. Ella no era del grupo y bastaba con la otra hermana: la despistada de Andrea. Después de todo, ella trabajaba con Carlos. Y los recibió a los tres con un comentario que ninguno logró entender:

–¿Ni para una cita importante llegan en hora? –les dijo tan pronto llegaron.

Apenas entró a la sala, pues cruzó por una puerta y luego desapareció por otra. Era imposible saber a qué se refería. Después de todo, nadie se había retrasado. Lo cierto es que ellos estaban tan ansiosos por conversar con Carlos que habían llegado veinte minutos antes de lo estipulado. Y por eso no lograban entender el regaño implícito en el comentario de Andrea.

Los tres permanecieron sentados en las sillas, hojeando unas revistas viejas y escuchando a la recepcionista atender una llamada tras otra. Solo un poco después, mientras Andrea abría la puerta y le hacía un gesto a alguien para que saliera de la otra sala, fue que Sonia comprendió lo que había sucedido. Pues quien estaba saliendo de la otra sala (o entrando a la sala donde los tres esperaban, dependiendo del ángulo del narrador) era Fabiana. Y la frase con la que Andrea la presentó fue:

–Pensé que ustedes estaban juntos. ¡Qué coincidencia que todos hayan venido el mismo día!

Así que era eso. La reunión que Fabiana quería tener con Andrea fue programada en el mismo lugar, un poco antes de la conversación que ellos habían concertado con Carlos. Ya debía haber terminado. Seguramente Andrea creyó que se trataba de una sola reunión, programada para el mismo horario. Y de ahí su comentario extraño sobre el atraso.

Pero más extraño aún fue que Fabiana no se marchó, sino que se sentó a conversar con ellos. Bueno, tal vez no fuera tan extraño. A fin de cuentas, todos eran amigos, del mismo grupo, y les gustaba estar juntos. Sonia le preguntó:

–¿Pudiste resolver los asuntos que querías discutir con Andrea?

La amiga vaciló un poco:

–No exactamente. Conversé un poco con ella, pero después llegó Carlos, vio que estábamos hablando y dijo que le parecía mejor que yo esperara para la reunión que iba a tener con ustedes. Y como aún era temprano, me quedé hablando con Andrea del contrato, que a fin de cuentas, era el asunto que yo tenía que hablar con ella.

–¿Contrato de qué? –preguntó Mateo, interrumpiendo tan deprisa que Sonia, distraída, casi se lleva un susto.

Fabiana lo miró y le lanzó una sonrisa diáfana que iluminó su rostro hermoso, enmarcado por su cabello tan liso y sedoso que parecía un comercial de champú. Solo faltaban una cámara lenta y una música clásica de fondo. Por lo menos, era así como Mateo recordaba siempre a Fabiana cuando pensaba en su amiga y se debatía como siempre. Vivía en una indecisión permanente: sacársela de la cabeza de una vez por todas (porque sabía que ella era simplemente una compañera de clase, y era tan despampanante que sería demasiada arena para su camioncito), o no olvidarse de ella ni por un minuto durante el resto de su vida (porque sería incapaz de hacerlo, pues era la persona más especial que había conocido, o simplemente porque sí). Y allí estaba frente a ella, de un momento a otro, fuera de la escuela, escuchando totalmente sorprendido lo que ella explicaba con su voz suave:

—Bueno, como ustedes saben, siempre tuve la certeza de lo que quería en el futuro: yo...

—... ¡Quiero ser modelo! —exclamaron todos, en una broma que acostumbraba hacer el grupo en la escuela y que, es conveniente aprovechar la oportunidad para recordar, a Mateo no le parecía graciosa en absoluto.

Pero Fabiana tenía buen humor y sonrió. Aquella sonrisa. ¡De nuevo!

—¡Eso es! Quiero ser modelo. Siempre fue mi sueño.

Hasta ahí, ninguna novedad. Pero después vino algo que ellos no sabían:

—Pero sucedió algo. Hace unos días, yo estaba saliendo de una tienda del centro comercial y una mujer se acercó a hablar conmigo. Miren qué coincidencia: me dijo que me estaba observando desde hacía algunos minutos, que me encontraba interesante y decidió preguntarme si acaso yo quería hacer una prueba para modelo, que si yo había pensado en eso.

Mejor preguntarse si ya había pensado en otra cosa, fue lo que se le pasó por la cabeza a Miguel. Pero no quiso interrumpir a su amiga, quien continuó:

–Entonces la mujer dijo que yo podía tomarme unas fotografías y hacer un *book*, que ella me ayudaría...

–Mucho cuidado con eso –la interrumpió Mateo–. Podría tratarse de algo grave. A todas horas hay noticias sobre eso. Existen cuadrillas especializadas en atraer jóvenes para explotarlas. Las secuestran, las llevan al exterior y las obligan a hacer cosas indecibles. Les prometen trabajo, fama, dinero, pero solamente se trata de explotación. Es mejor que no hables con esas personas, Fabiana. Debes tener cuidado y denunciarlas a la policía...

–Oye, Mateo, eres un amor. Es tan bueno tener un amigo así, que se preocupa por mí y me cuida...

Y sus enormes pestañas se entrecerraron en medio de una mirada que era imposible describir, pero que derretía por dentro... para no mencionar su sonrisa. Y su voz, que dijo en tono suave, pero firme:

–No te preocupes, Mateo. Yo sé eso; no nací hoy. Como quiero ser modelo, mis padres siempre me lo han advertido. Yo nunca haría nada en serio con uno de esos contactos sin hablarlo primero con mis padres. Anoté el número del teléfono de la mujer, pero no le di el mío. Mi papá la llamó y habló con ella. Pero me encanta que seas un ángel y que te preocupes así por mí.

(¿Le encanta? ¿Un ángel? Sintió vértigo.)

Fabiana continuó:

–En fin; hablaron, la mujer hizo algunas propuestas y después de unos días nos mandó una prueba del contrato. No sé si es así como se dice, pero habló de una "minuta". Mis papás comentaron que se veía bien, pero ellos no entienden mucho de esas cosas. Dijeron que sería bueno si algún abogado pudiera verla, solo que eso es caro... entonces recordé que tu hermana estudia derecho y que yo podía pedirle que le diera una mirada. Fue eso.

Ahora todo estaba explicado. Era por eso que ella sentía esos deseos misteriosos de encontrarse con Andrea para hablar de asuntos de Derecho.

—Pero no entendí por qué Carlos quiso que te quedaras para la reunión con nosotros —recordó Miguel, con mucha objetividad—. No sé qué tenga que ver. Nosotros vinimos a conversar con él sobre un virus que ha aparecido en un montón de computadores. O un *hacker*, qué sé yo, alguien que invade las bandejas de entrada de los correos electrónicos con unos mensajes extraños, y nadie sabe de dónde vienen.

—¿El mismo del trabajo de Historia? —preguntó Fabiana.

—Ese mismo.

—Ah, entonces fue por eso. Claro... ahora entiendo. Porque yo estaba justamente hablando de una cosa parecida con Andrea y Carlos oyó cuando entró a la sala.

—¿Qué oyó?

—Que yo estaba hablando de unos mensajes medio raros que he recibido.

Miguel respiró profundo y preguntó con mucha calma:

–¿Podrías explicarte mejor? Puede ser importante.

–Bueno, todo comenzó con unos mensajes de texto...

Quien no estaba calmado era Mateo. Primero, acababa de descubrir que Fabiana dejaba que personas desconocidas la abordaran a la salida de las tiendas, así sin más ni más, y que podían llevársela al otro lado del mundo y alejarla para siempre de los salones de clase del colegio Garibaldi. Nunca más volvería a ver aquella sonrisa, aquel cabello oscuro y brillante, aquellas largas pestañas que se entrecerraban despacio, como si se movieran en cámara lenta. Y ahora descubría que la muchacha estaba recibiendo unos mensajes de texto raros y seguramente peligrosos. Tal vez hasta canallescos y amenazadores, capaces de despertar el interés de un abogado, esas personas expertas que viven rodeadas de criminales y marginales. Pero tampoco era para espantarse. Claro, el mundo entero debía querer enviarle mensajes al celular de Fabiana, invitarla a salir o simplemente decirle lo linda que era. Pero no todo el mundo era como él, que muchas veces no encontraba la manera de decir lo que sentía. ¿Y si ella aceptaba una de esas invitaciones?

–¿Y qué decían esos mensajes?

–Bueno, el primero no decía exactamente nada. Solo preguntaba.

–¿Preguntaba qué?

–"¿Cuál es el libro que tanto quieres?"

–No entiendo.

—Yo tampoco —señaló Sonia—. No hemos pedido ningún libro.

Fabiana sonrió y dijo:

—Pues yo tampoco entendí. El mensaje no tenía identificación, yo no sabía de quién era ni quién me estaba preguntando aquello. Ni mucho menos de qué libro se trataba.

—¿Cuál libro? —preguntó Mateo, casi gritando, y medio aturdido, completamente perdido.

Miguel, que había entendido más, intentó explicarle:

—Mateo, el mensaje de texto que recibió Fabiana era una pregunta de alguien que quería saber cuál era el libro que ella quería...

—¿Por qué? —insistió Sonia—. ¿Estabas en una librería y algún desconocido quiso darte un regalo?

Bendita Sonia. Era eso lo que Mateo quería preguntar, pero no lograba poner sus pensamientos en orden.

—No, nada de eso. A decir verdad, yo estaba sola en mi casa, encerrada en mi cuarto, bailando y cantando porque iba a tener un *book*.

—¿Bailas sola en tu cuarto? —repitió Mateo con incredulidad, tratando de imaginar la escena.

Sonia interrumpió de nuevo para aclarar.

—Claro, Mateo, todo el mundo lo hace. Sobre todo si uno está contento y sabe que nadie lo está mirando... ¿vas a decir que no bailas?

—Yo no bailo —protestó Miguel, salvando a Mateo, que de un momento a otro se sintió como un extraterrestre, porque nunca en su vida había bailado solo frente al espejo de su cuarto.

–Pues yo sí bailo –afirmó Sonia.

Seguramente eran cosas de chicas. Pensándolo bien, Mateo recordó haber visto a su hermana bailar sola en la casa más de una vez, sin que su cuarto estuviera cerrado. Pero Miguel insistió:

–¿Puedes continuar? Estabas bailando sola, oíste el celular, y viste un mensaje de texto, en el que te preguntaban qué libro querías...

–Eso mismo. Inicialmente no entendí, pero después supe de qué se trataba.

–¿De qué? –preguntaron los tres casi en coro.

Mientras Carlos entraba a la sala y hacía un gesto para que siguieran hablando como si no quisiera interrumpir, Fabiana siguió explicando, con su forma práctica y un poco desconcertante, en medio de la aparente distracción que sus amigos conocían tan bien:

–Solo podía ser alguien que me estaba oyendo cantar, o que me había oído hablar de eso. Alguien que me oyó hablar del *book*, y sabía que *book* es "libro" en inglés, y creyó que yo estaba muy feliz porque me iban a dar un libro. Alguien que debe vivir en otro planeta, porque no sabe que *book* es un álbum de fotos de modelo... Hoy en día, *todo el mundo* sabe eso; está en los periódicos, en las revistas, en las telenovelas...

Era una deducción inteligente. Pero ellos no se asustaron, porque conocían a Fabiana desde hacía varios años y no se dejaban engañar con aquel aire medio distraído de quien solo piensa en la moda. Sabían de lo que era capaz esa chica y cómo funcionaba aquella cabecita debajo de los cabellos de comercial de champú. Después vieron que la conclusión era muy lógica, sin duda alguna, salvo por dos pequeños detalles. El primero era que la mayoría de las personas no vive en ese mundo de modelos y fotos y no ha oído hablar de esas cosas. El segundo era justamente lo que Sonia preguntó:

–¿Quién es ese alguien y en dónde podía estar escuchando si estabas encerrada en tu cuarto?

–Tienes razón: es un misterio. Pero yo estaba tan distraída y contenta, loca por compartir mi alegría con alguien, que no me preocupé por eso. Mi mamá había acabado de contarme que tal vez mi papá permitiría que me hicieran el *book*. Y empecé a cantar a mil por hora. Y cuando comprendí que la persona se estaba refiriendo a mi *book*, le respondí.

–¿Le respondiste? –preguntó extrañado Miguel–. ¿Cómo? Ni siquiera sabías de quién era el mensaje de texto.

–Sí, pero no pensé en eso. Solo hice lo que uno hace en esos casos. Le escribí un mensaje explicando qué era un *book* y oprimí la tecla para enviarlo. Y la persona lo recibió, porque en seguida me envió otro que decía: "Ah, quieres ser modelo...", o "Ah, ¿quieres ser modelo?". No sé bien, porque no tenía puntuación.

–¿Y entonces?

Pero Carlos interrumpió. Se había acercado con pasos discretos y escuchaba atentamente lo mismo que ya había oído antes, mientras Fabiana conversaba con Andrea en la sala de al lado. Pero esta vez no quiso interrumpir el relato que la joven les hizo a sus amigos, pues sabía que ya iba a terminar. Sin embargo, decidió intervenir al ver que la conversación se prolongaba.

Saludó a Sonia con un beso y se presentó ante Miguel y Mateo. Luego sugirió que pasaran a su sala, donde podrían reunirse de forma más organizada. Mientras le pedía a la secretaria que les sirviera café y agua a todos, escuchó que Miguel seguía insistiendo:

–¿Y entonces?

–Entonces respondí lo que ustedes ya saben… –dijo Fabiana, comenzando a reír.

Y el coro, que incluía a la propia Fabiana, completó:

–¡Quiero ser modelo!

Carcajada general. La muchacha aceptaba de muy buen humor aquella eterna broma de sus amigos. Todavía riéndose, y mientras todos se sentaban alrededor de una mesa de la sala, añadió:

–Lo que me dejó muy pensativa y con un poco de curiosidad fue el siguiente mensaje. En realidad, los dos mensajes siguientes: eran dos preguntas que llegaron seguidas. No tuve tiempo de responder la primera cuando recibí la segunda. Y aunque no tenían puntuación, yo sabía que eran preguntas. Si es un *hacker*, como dicen ustedes, debe ser un *hacker* aficionado a las preguntas, alguien muy curioso. Primero preguntó: "¿Por qué no artista?". Y cuando yo le iba a decir que no siento atracción por los escenarios, ni el menor deseo de aprenderme textos y esas cosas, sino que prefiero los estudios de fotografía y los desfiles de pasarela, recibí otra pregunta: "¿Modelo de qué?". Entonces intenté responder y explicarle que quería ser modelo de modas, de publicidad; es obvio: ¿de qué más podría ser? Pero no pude hacerlo. Lo intenté varias veces, pero de nada sirvió. Solo respondí a la primera pregunta, y después de eso no pasó nada más. El mensaje no fue enviado. Sucedió algo y vi que había perdido el contacto con esa persona y que no había quedado guardado en la memoria del celular.

Se hizo un pequeño silencio debido a la frustración. Todos estaban curiosos y querían saber más; si habría una relación entre esos mensajes de texto y el virus o el *hacker* que habían venido a comentar con Carlos. Seguramente el abogado creía que sí, pues de lo contrario, no habría llamado a Fabiana para participar en la conversación.

Pero el silencio duró poco. Enseguida, Fabiana hizo un gesto diferente y dejó escapar algo muy inesperado:

—De donde no salió fue de mi mente. A toda hora recuerdo y me pregunto eso: ¿quiero ser modelo de qué? Pensaba que era un asunto definido, una certeza total, algo que había sabido toda mi vida sin la menor duda. Pero de repente, fui descubriendo que ya no estaba tan segura de la respuesta. Puede ser muchas cosas diferentes, y yo nunca había pensado en ellas.

La amiga de Camille

La reunión fue animada. Al comienzo, no parecía que fuera a ser así. Carlos explicó por qué los había llamado. Empezó haciendo un resumen general. Recordó el primer mensaje, el cual vino mezclado con el texto de la petición y que, a esas alturas, los chicos ya se sabían casi de memoria. Aun así, el abogado lo releyó en voz alta. Al final, hizo un comentario:

–En esa ocasión no le presté mucha importancia, pues creí que era un escrito o tarea de una de las hermanas de Andrea. Pero algunas cosas me llamaron la atención. La primera fue una observación inevitable, pues revelaba un aspecto inesperado: la chica había hecho muy bien su labor, fruto de una investigación muy atenta. Sabía algunos detalles que hoy en día muchas personas adultas no saben. Por ejemplo, que los pueblos de Mesopotamia escribían en tablitas de arcilla utilizando cálamos... también sabía que las mujeres desempeñaban un papel importante en la sociedad, colaborando económicamente y en la división del trabajo, tanto en la producción de textiles como en la escrituración de los negocios, algo que las sociedades posteriores fueron perdiendo en la medida en que relegaban la contribución femenina exclusivamente al ámbito doméstico. En ese sentido, los pueblos mesopotámicos (sumerios, acadios, asirios, babilónicos) deberían haber servido de ejemplo para nosotros, pero nos olvidamos de ellos. También olvidamos que esa región fue exactamente lo que hoy conocemos como Irak, y que esas personas, que aparecen todos los días en los noticieros víctimas del terrible sufrimiento de la guerra, descienden de algunas de las civilizaciones más admirables en la historia de la humanidad, y deberían ser consideradas como un modelo.

Fabiana se movió, como si se estuviera sintiendo un poco incómoda en su silla. Quería alejar el pensamiento que la rondaba como una molesta mosca, producido por la pregunta del mensaje de texto: "¿Modelo de qué?". Sintió de nuevo esa duda al escuchar al abogado mencionar aquella palabra, pero nadie reparó en ello.

Carlos continuó:

—Otra cosa que me llamó la atención del mensaje fue la forma en que la autora se refería al código de Hamurabi, que fue una compilación pionera y un hecho notable para un pueblo tan antiguo. Enorgullecerse de eso demuestra el valor que esta persona le otorga a la justicia. Aún más: que le da valor a una noción de justicia innovadora para su época y fundamental hasta el día de hoy. Es una noción que contiene el principio de que no se pueden admitir dos pesos y dos medidas, que la ley no puede depender del humor del soberano, sino que debe ser igual para todos, aplicable a todos y en correspondencia con el delito, con penas previsibles y que sean del conocimiento de toda la sociedad. Además, "Justicia y equidad" fue uno de los lemas que Hamurabi adoptó en su reinado. Fue un rey notable, racional y sabio, que poseía un admirable sentido de la autoridad; fue un administrador excelente y ecuánime que gobernó con el apoyo de las asambleas locales y generó un gran desarrollo en todo el reino. Un modelo de soberano.

Otra vez la palabra "modelo" zumbó entre los pensamientos de Fabiana.

Y todos comenzaron a moverse un poco mientras Carlos hablaba. Cambiaban de posición, bebían un sorbo de agua o café; era difícil no dispersarse, pues no esperaban aquella explicación tan larga. Parecía a una clase del colegio. ¿Sería que todos los abogados tenían que hablar de ese modo?

Carlos continuó, indiferente a la reacción de los chicos:

—No le di mayor importancia. Fue solo posteriormente, cuando apareció el mensaje del escribano, que observé en su texto el mismo afán de valorar la justicia, y recordé que Andrea me había dicho algo sobre los mensajes que ustedes estaban recibiendo y que ella atribuía a un virus en el computador. Leí los mensajes y examiné las circunstancias; no las sometí a un análisis por parte de expertos, pero confieso que la hipótesis del virus no me dejó completamente satisfecho. Creo que hay ciertas características técnicas incompatibles con esa teoría; cosas obvias que no necesito repetir porque todos ustedes ya las deben haber notado, al igual que cualquier persona que tenga el menor contacto con Internet. Sentí mucha curiosidad y me pareció mejor programar esta reunión para hablar e intercambiar ideas con ustedes. Quería saber más sobre los documentos que habían recibido, y los detalles de la forma en que llegaron a manos de ustedes.

Hizo una pequeña pausa y añadió:

—Al mismo tiempo, no puedo liberarme de la sensación de que estamos frente a alguien que nos busca porque tal vez necesita ayuda.

—¿No se lo dije? —interrumpió Mateo, emocionado con su deducción—. No se trata de un criminal. Es alguien que está pidiendo ayuda.

Tal vez fuera así, coincidió Miguel. Sonia también tuvo la misma opinión, y pensó qué podían hacer para tenderle la mano a alguien que necesitaba ayuda.

Siguieron conversando e hicieron un resumen de todo. Le mostraron a Carlos los mensajes que habían guardado. Discutieron la lista que habían hecho y añadieron otra característica por sugerencia del abogado:

* *Preocupación por la justicia.*

–Sin embargo, lo que me parece extraño es otra cosa. Obviamente, y además de esa insistencia, es el modo que ha elegido para actuar. Es curioso ese *modus operandi*, que consiste en no identificarse y esconderse detrás de una broma aparente y de una serie de intromisiones repentinas...

Nadie sabía qué significaba "*modus operandi*", pero todos dedujeron que debía ser algo así como "modos de operar", un sinónimo de "forma de actuar".

–Lo extraño –continuó Carlos–, es el hecho de haber escogido esos falsos interlocutores, debajo de los cuales se esconde él o ella, adoptando personalidades diversas, de épocas y de sociedades completamente distintas, pero siempre bajo la égida de la palabra escrita, considerada como una conquista rara y preciosa.

–Cada vez viene de un lugar y de un tiempo totalmente diferente, ¿verdad? –Miguel quería tener la seguridad de estar entendiendo bien, porque la expresión "bajo la égida" ya era demasiado–. El tipo siempre habla en prosa porque sabe leer y escribir. Pero cada vez lo hace de un modo diferente.

–¡Exactamente! Es ahí donde está el misterio.

–Por lo que me explicó mi manicurista, eso no tiene ningún misterio. Parece que es muy común, solo que yo no había oído hablar de eso. Seguramente lo que sucede es que nosotros no sabemos casi nada del tema –dijo Fabiana.

"¿Manicurista?"

Todos la miraron sin entender. El cambio de tema era demasiado inesperado. Pero pronto entendieron a la perfección. Fabiana explicó que le había comentado a la manicurista sobre los mensajes de texto, cuando le arreglaron las uñas en el salón de belleza el sábado, y le había dicho que una vecina suya vivía recibiendo mensajes como esos, del más allá.

–Cálmate, Fabiana –la interrumpió Sonia–. Nosotros estamos hablando de cosas serias, ¿y tú vienes con eso de mensajes del más allá? ¿Será que el más allá necesita computadores y celulares?

–No, no. Disculpen. Dije "el más allá" porque era más fácil, parece como de película, y creí que podría ser casi lo mismo. La manicurista me dijo eso y yo no le presté mucha atención. Pero en realidad, me sentí confundida porque todas las personas que estaban el salón de belleza comenzaron a opinar. Una mujer habló de vidas pasadas. Eso me pareció muy interesante, a la manicurista también, así como a muchas mujeres que estaban allí. Ella dijo que hay muchos libros sobre el tema, escritos por médicos que hacen tratamientos con hipnotismo. Tratan de descubrir lo que vivió la persona en otras vidas, y por qué lo que está viviendo ahora puede provenir de esas experiencias.

—¿Y te creíste eso?

—No creí ni dejé de creer. Nunca me han hipnotizado, así que no recuerdo otras vidas, y por eso me parece que no creo. Mejor aún, estoy segura. Pero puede ser que otras personas crean en eso, y yo las respeto. ¿Por qué no?

Se hizo un breve silencio. Carlos comentó:

—¿Vidas pasadas? Puede ser una hipótesis interesante. No se puede descartar por completo ese tipo de raciocinio, ya que puede conducirnos a algo que nos ayude. Pero tampoco para permitir que se constituya en un hecho indiscutible. Sin embargo, nuestro interlocutor puede estar recurriendo a esa modalidad de disfraces.

—¿Entonces por qué nos está buscando si no estamos hipnotizados? —refutó Miguel.

—Tal vez ellos son nosotros antiguamente... —dijo Fabiana—. O nosotros somos ellos hoy.

—¡Eso no! —interrumpió el chico, un poco fastidiado—. ¡Déjate de tonterías!

Hubo un malestar general y se hizo un silencio extraño, aunque Fabiana lo rompió, demostrando que no estaba molesta por el tono de su amigo:

—Disculpen; me expliqué mal. Estoy confundida. Solo quise decir que, de algún modo, nosotros podemos ser una continuación de esas personas que vivieron en el pasado; una especie de herederos o seguidores. No estoy diciendo que ellas tengan una nueva vida. No sé explicar bien lo que estoy pensando; solo se me ocurre la palabra "continuación". Y ellas son la continuación de otras. Esas personas, quiero decir; las que nos envían los mensajes.

Mateo coincidió:

–Sí, nos buscan cuando necesitan ayuda. Eso explicaría por qué recibimos los mensajes. Es decir, debemos tener algo en común con ellas. Obviamente, primero entre nosotros mismos.

–Es evidente: todos somos amigos, compañeros de clase, de la misma edad... –coincidió Sonia.

–Disculpen –interrumpió Miguel–. No todos: por ejemplo, el escribano no es de nuestro grupo.

–Aun así, debe tener algo en común con nosotros, aunque no sepamos qué –continuó Fabiana–. En segundo lugar, tal vez tengamos algo que ver con la persona que está enviando los mensajes.

–Tiene sentido –coincidió Sonia–. Pero ¿qué? Probablemente fue por eso que nos eligió.

–Bueno, yo sé que ella fue modelo... –continuó Fabiana.

Carcajada general.

–¿Modelo en Egipto? ¿O en la torre de un alquimista en la Edad Media? –bromeó Miguel–. ¿Y qué hacía ella? ¿Desfilar las últimas creaciones de los diseñadores de túnicas? Francamente, Fabiana, a veces parece que no pensaras antes de hablar... ¿De dónde sacas esas ideas?

—Ella misma me lo dijo.

—¿Ella? ¿Quién?

—La amiga de Camille.

—¿Cuál Camille?

—Si ustedes no me interrumpieran todo el tiempo, yo les explicaría.

Dejaron hablar a Fabiana aunque no tenían mucha paciencia. Con su estilo generalmente confuso pero al mismo tiempo bastante preciso, ella contó que, unos días después de aquella serie de mensajes de texto con las preguntas, recibió en su computador un mensaje de alguien que pedía disculpas por haber desaparecido de repente (que atribuía a algún problema técnico) y que regresaba para presentarse. Decía ser modelo y amiga de Camille. Y como tenía experiencia en la profesión, quería ayudar a Fabiana. Le parecía que, si pudiera ayudarla, tal vez ella encontraría a otra persona que la ayudara. Era una especie de intercambio de favores. Afirmaba que ser modelo era mucho menos problemático que ser artista, pero que era muy agotador. Estaba harta de aquello, detestaba permanecer varias horas en la misma posición, inmóvil (a la chica le pareció que era modelo fotográfica), mientras los artistas trabajaban. Quisiera haber escogido otra opción, pero no tenía el talento de su amiga Camille, quien fue capaz de abrirse un camino, forjarse un lugar en un mundo tan masculino y que hizo esculturas lindas. Después contó que ese tipo de cosas era muy difícil para las mujeres de su época, aunque una tal Berthe y una Mary habían sido pintoras... Pero ella no tenía ese talento o valor, y solo se había desempeñado como modelo. Sin embargo, sabía leer y escribir, y terminó consiguiendo otro empleo, justamente organizando libros en una librería, donde podía leer mucho y escuchar las conversaciones de clientes interesantes... Por lo tanto, ya no necesitaba permanecer en la misma posición, inmóvil durante varias horas seguidas, sin hablar con nadie, para que todo un grupo pudiera dibujar o esculpir. Era un oficio muy agotador.

–Entonces ella no era una modelo que desfilaba en pasarelas, mostrando ropa, ni una modelo fotográfica para publicidad. Era una de esas modelos que posaban para los artistas –dedujo Carlos.

–Exactamente –confirmó Fabiana–. No me acordaba de que antes las modelos eran así. Cuando en uno de los primeros mensajes de texto me preguntó si no prefería ser artista, pensé en lo que hoy en día llamamos "artista": actor, actriz, cantante, músico, esas cosas. Pero ella estaba hablando de pintores y escultores, los artistas que había conocido como modelo.

–¿Qué más te dijo? –preguntó Sonia, interesada en reunir la mayor información posible.

–Muy poco. Todo el tiempo habló de esa escultora. Parece que se enorgullecía mucho de haber sido amiga de la tal Camille y de haber conocido al profesor de ella, a quien esa modelo llamaba "el maestro Rodin".

–¡Entonces debe ser Camille Claudel, una famosa artista del siglo XIX! –concluyó Carlos–. Había unas obras suyas en una exposición que vino a Brasil hace pocos años. Y también hicieron una película sobre su vida; yo la vi un día en la televisión. Era hermana de un gran poeta francés y se enamoró de Auguste Rodin, uno de los escultores más importantes de la historia. Pero también sufrió mucho y tuvo una vida trágica.

–Debe ser la misma –coincidió Fabiana–. La modelo dijo que ella terminó loca, internada en un manicomio.

–O cayó en un estado de exasperación cercano a la locura. Eso nunca quedó muy claro; no se sabe si Camille Claudel enloqueció, o si la apartaron del camino por enfrentarse a los obstáculos con decisión, pasando por encima de todo como si fuera un tractor. Su comportamiento incomodó enormemente a la sociedad de su época –explicó el abogado–. Pero actualmente ella es muy reconocida. Una artista sumamente talentosa. Una mujer rebelde, apasionada, intensa, batalladora y muy adelantada a su época.

–Un modelo de mujer... –dijo Fabiana, en tono ligeramente pensativo–. Eso fue lo que dijo la muchacha. Por lo menos, fue lo que apareció escrito en el último mensaje de texto.

–¿En el último? ¿Estás segura? ¿No volviste recibir otro? –Miguel estaba un poco impaciente con las informaciones fragmentadas que daba Fabiana poco a poco, sin percibir que todos sus amigos estaban locos por saber más, de una vez por todas, y con más objetividad.

–Por lo menos, hasta ahora.

–¿Qué otras pistas podemos tener? ¿Qué otras cosas supiste? –preguntó Mateo.

–Bueno, así de concreto, solo eso. Que ella era modelo de artistas y amiga de esa Camille, a quien admiraba mucho. Pero creía que podía ser más, y se enorgullecía de saber leer y escribir...

–Como todos los autores de los otros mensajes –recordó Sonia.

–... E intentó convencerme de hacer lo mismo –concluyó Fabiana.

–¿Qué? ¿Convencerte para que escribieras esos mensajes que se meten sin permiso en los computadores de otras personas? ¿Entonces ella está buscando cómplices? ¿Por casualidad no te dijo cómo está haciendo eso? –quiso saber Miguel.

–No, no. Disculpen, no me expliqué bien. Ella dijo que yo debía soñar con algo mejor que ser modelo. Dijo que yo estudié más que ella, que sabía muchas otras cosas además de leer y escribir, y que podía hacer algo mucho más útil para todo el mundo...

Carlos y Miguel no notaron el aire medio pensativo con el que Fabiana dijo eso, ni tampoco que se enfrascó en sí misma. Pero Mateo sí lo notó y le pareció que la joven se veía aún más bonita así, ligeramente soñadora, con su mirada un poco perdida. Mientras tanto, Sonia observó que a su amiga le estaba sucediendo algo más profundo, pues nunca la había visto así. Decidió hablar con ella cuando estuvieran solas. Tal vez tuviera algún problema y necesitara contárselo a alguien.

Sin embargo, la reunión continuaba alrededor de la mesa, pero sin novedades. Volvieron a hacer un resumen de todo lo que sabían sobre el misterioso invasor de los computadores (y ahora también de celulares), pero no era mucho: simplemente lo que ya habían dicho al comienzo de la conversación.

Finalmente, Carlos concluyó:

–Bueno, creo que ahora podemos hacer algo, así sea muy poco. Sea como fuere, ese *hacker* (o bromista, como están diciendo ustedes), ha logrado comunicarse con nosotros, y está insistiendo mucho. Aún más: por las experiencias de Fabiana, constatamos que puede ser posible establecer una comunicación con él. Entonces sugiero que todos estemos muy atentos e intentemos responderle cuando aparezca un nuevo mensaje.

–¿Y cómo?

–De la misma forma en que lo hizo Fabiana: con una respuesta corta, inmediata, enviada por el mismo canal utilizado por él. Quizá alguno de nosotros tenga suerte y logre establecer un diálogo. En ese caso, tenemos que estar preparados y ser muy objetivos, pues todo sucede con mucha rapidez. Es decir, sería conveniente preguntarle a él o a ella qué es lo que quiere, y tratar de descubrir cómo podemos ayudarlo de forma directa. Así, tal vez tengamos la oportunidad de avanzar un poco antes de que la comunicación se interrumpa. ¿Quién sabe? Tal vez podamos prestarle realmente alguna forma de ayuda a quien la está necesitando.

Todos coincidieron en que era una buena idea. Pero Miguel observó:

—Solo que con Fabiana fue diferente. El tipo no le pidió ayuda.

Fabiana vaciló un poco y dijo:

—No estoy muy segura. Creo que no presté atención. Pero ahora que ustedes lo dicen, no sé, es probable que me haya pedido ayuda pero yo no me di cuenta... quién sabe...

Exhaló un suspiro que irritó a Miguel, una sonrisa que encantó a Mateo, y continuó diciendo de una forma pausada que le produjo una mayor curiosidad a Sonia:

—Ella dijo que he tenido muchas oportunidades de estudiar y que no puedo desperdiciar eso; que debería utilizarlo para ayudar a los demás.

—¡Eso es, entonces! —concluyó Carlos con decisión—. Siempre hay alguna referencia a la necesidad de ayuda. Tendremos que estar atentos, y cuando alguno tenga una novedad, se comunica con el resto de inmediato. Así hacemos también una red de información. Seguramente pronto tendremos una visión más clara. ¿De acuerdo?

Todos coincidieron, pero Miguel quiso añadir algo:

—Me quedé pensando en una cosa. Hace poco, antes de que Fabiana hablara de la amiga de Camille, estábamos viendo qué podríamos tener en común con el escribano y con ese invasor misterioso. Y sospecho algo.

–¿Qué? –preguntó Sonia.

–Que todos nosotros estudiamos y sabemos leer y escribir. Y por eso podemos entender el valor que el tipo le da a eso.

–No necesariamente –replicó Carlos–. Hay muchas personas alfabetizadas que no entienden la importancia de la palabra escrita, pues son incapaces de valorarla, y acaban utilizando esa capacidad de una forma muy reducida. Pero a pesar de eso, creo que tienes razón. Nuestro interlocutor misterioso se está dirigiendo a nosotros porque cree que somos capaces de valorar las letras. Sus mensajes no solo son un pedido de ayuda, sino también un acto de confianza intelectual en nosotros. Y tenemos que estar a la altura de ese desafío.

–Entonces tenemos que pensar en otra cosa más… –dijo Sonia.

–¡Claro! En un elemento más para nuestras consideraciones –volvió a resumir Carlos, siempre listo para decir una frase típica de abogado–. Así podremos adquirir una mayor distancia y reflexionar mejor sobre cada uno de esos aspectos por separado. ¿De acuerdo?

Esta vez, ninguno tuvo que añadir nada.

Se despidieron y se fueron a sus casas.

Ritmo, poesía y muerte

No obstante, pasaron algunos días antes de recibir un nuevo mensaje del invasor. El ánimo investigativo del grupo fue disminuyendo lentamente y la rutina prevaleció de nuevo. El día a día estaba lleno de cosas que tomaban tiempo o exigían atención: estudiar para los exámenes, hacer trabajos, jugar fútbol, encontrarse con los amigos, ir a una fiesta, a un *show* o al cine. Y como el *hacker* erudito no volvió a manifestarse, ellos fueron relegando el asunto a un segundo plano. No es que se hubieran olvidado de él ni perdido la curiosidad. Simplemente, otras preocupaciones se apoderaron de sus pensamientos y de sus conversaciones.

Fue al final de un partido de fútbol –de un mísero empate, a pesar del dominio total del equipo de Garibaldi– que surgió algo completamente inesperado. El partido en sí no había sido nada excepcional, pero les arruinó la mañana. Fue una de esas cosas que pueden pasarle a cualquiera. El equipo jugó bien pero no tuvo suerte. Recibió un gol al comienzo del partido y solo consiguió igualar el marcador a mediados del segundo tiempo, aunque con el cobro de una falta dudosa. Los chicos de Garibaldi sabían que habían jugado mejor que el equipo contrario, pero quedaron con un sabor ligeramente amargo por causa del resultado, y con la sensación de que necesitaban distraerse, divertirse y olvidarse de aquel empate.

Tal vez haya sido por eso que, ya en el autobús, después del partido, Miguel invitara a Robi a almorzar a su casa. Quizá después pudieran jugar contra Guillermo en el computador.

–Gracias, me gustaría pero no puedo. ¿Olvidaste que hoy es sábado? Tengo el programa en la radio.

Era imposible olvidarlo. El goleador Robi se convertía en un joven famoso todos los sábados por la tarde. Pasaba a ser Robson Freitas, hablaba por el micrófono de la emisora comunitaria y permanecía dos horas al aire. Conversaba con todo el mundo, dirigía peticiones a las autoridades, contaba historias, recibía llamadas de los oyentes, entrevistaba a un montón de gente, les daba una oportunidad a muchas bandas buenas, y presentaba conjuntos nuevos. Era lo más parecido a una celebridad que tenía el grupo.

–Pero el programa recién comienza a las seis. Todavía hay mucho tiempo –argumentó Miguel.

–Sí, pero estamos en un concurso de *rap* y quiero escuchar unas cosas nuevas que llegaron.

Hizo una pausa y añadió:

–Especialmente una. La he escuchado un montón de veces y no he llegado a ninguna conclusión.

–¿De qué se trata?

–Es un misterio total. Un *rap* extrañísimo de alguien que entró al computador de la emisora sin identificarse y dejó una grabación. Es un poco raro y no sé si sea bueno o no.

Una sospecha muy rápida paso por la cabeza de Miguel. ¿Sería que sí? ¿Podría ser? No, no era posible, aunque tal vez. De cualquier modo, preguntó:

–¿Y cómo llegó?

–No lo sé. El técnico de la emisora dijo que podía ser un virus. Parece que fue un mensaje eliminado que se cruzó con otro y llegó con un archivo adjunto. La grabación estaba en el archivo.

–Pero ¿llegó así nomás, sin ninguna explicación? ¿Y qué tal es la música? ¿Es buena? ¿El tipo es afinado?

–El ritmo es medio extraño, y la voz es como metálica. Parece que tuviera una distorsión técnica, ¿entiendes? Es como si fuera un robot hablando en una película, o como cuando alteran la voz de los entrevistados en los noticieros de televisión para que nadie los reconozca y no tengan problemas por lo que han dicho. Algo semejante a los testimonios de crímenes, a los familiares de víctimas, a esas personas que los periodistas quieren proteger cuando los entrevistan. Pero este *rap* es interesante.

Miguel estaba cada vez más curioso y quería saber más.

–¿Y el mensaje? –preguntó–. ¿No dijiste también que la música llegó con un mensaje?

–Sí, pero es muy confuso, incoherente, y lleno de cosas extrañas. Tiene unos cuadritos en lugar de las letras con acentos, tildes, cedillas y esas cosas. Pero se puede entender un poco; es algo sobre poesía y un pedido de ayuda. Pero no tiene ningún tipo de identificación.

–¿Y cómo va a concursar entonces?

–Ahí está el problema: no puede hacerlo. El reglamento del concurso dice que todos los concursantes tienen que identificarse, dar su nombre, dirección, teléfono y número de documento para ser contratados en caso de ganar. Por eso es que él no puede concursar. De cualquier modo, no creo que pudiera ganar; no tiene muchas probabilidades, pues hay un montón de *raps* mucho mejores concursando. El tipo utiliza unas palabras extrañas, tiene un estilo que parece antiguo, extranjero, qué sé yo. Es decir, no siempre, pero sí algunas veces. Utiliza palabras que existen, pero nadie pensaría jamás en hacer un *rap* con ellas. Es demasiado raro. Creo que fue por eso que se me quedaron grabadas en la cabeza. Son muy diferentes.

−¿Y sobre qué son? −quiso saber Miguel−. ¿Puedo ver?

−Sobre la muerte −dijo Robi.

−¿Sobre tiros? ¿Violencia? ¿Guerra de pandillas y esas cosas?

−No, nada de eso. Ya te dije que es algo muy diferente. Nunca había escuchado una música como esa. Es por eso que no se me sale de la cabeza.

Era claro que Robi adquiría un aire diferente y pensativo cuando se acordaba de ese *rap*. Hizo una pausa, movió la cabeza y añadió:

−Pero también es sobre la vida. Sobre las cosas que podemos recibir de la muerte, de lo que puede quedar de nosotros cuando nos vamos de aquí.

−¿Te refieres a trasplantes de órganos, a congelar el cuerpo o a esas cosas? −preguntó Miguel un poco asustado.

Robi se rio:

−No, no es nada de eso. No es lo que queda en el hospital ni en el cementerio.

−¿Al alma, entonces? −sugirió su amigo con timidez, intentando adivinar.

Robi explicó mejor:

−No, es lo que queda en el recuerdo de los demás, como si fuera la marca que dejamos en el mundo. Todos dejamos alguna marca, ¿verdad? O por lo menos, deberíamos dejarla, o tener la seguridad de que lo haremos. Por eso pienso en esa letra.

Robi dejó de hablar, como si estuviera rumiando algún recuerdo. La música acudió a su memoria, y un instante después ya estaba tocando el ritmo en la mochila y cantando la canción:

Estoy viniendo a hablar.
A llamar a mi hermano.
Estoy viniendo de lejos,
mucha carretera, mucho suelo.
Lo he vivido todo,
hice la revolución.
Pero parece que
hay una maldición.
De repente nos morimos,
nos vamos al fondo del cajón,
y no queda nada, no.

Al escuchar la música, Miguel entendió lo que su amigo quería decir cuando había dicho que no parecía *rap*. Las palabras eran las mismas que utilizan las personas, pero no en ese tipo de música. Otra voz repetía el estribillo, improvisando a su lado:

De repente nos morimos,
nos vamos al fondo del cajón,
y no queda nada, no.

Era fácil de aprender y, un instante después, Miguel también estaba cantando. Era divertido. Un morenito de cabello oxigenado que estaba sentado frente a ellos en el autobús los miró y comenzó a cantar. Robi repitió la estrofa y continuó:

Ahora se cree
una fiera, el mejor.
Sale en la prensa,
tiene mucha plata, mucha fama.
Logró su sueño,
la pasa bien, ya no tiene hambre.
Muchas chicas,
el miedo se esfuma con el ruido.
De repente cae,
se esfuma todo, la tierra se lo come.
Sin ideas en el papel.
Se va para abajo o para el cielo.

Los otros dos lo acompañaron, cantando el nuevo estribillo:

De repente cae,
se esfuma todo, la tierra se lo come.
Sin ideas en el papel.
Se va para abajo o para el cielo.

Poco después, otros pasajeros se interesaron y se animaron a cantar, y Robi continuó:

Basta de palabras,
es hora de parar con esa manía.
Un montón de palabras,

sonido alto y melodía.
Si nadie lee nada,
todo desaparecerá un día.
Si no quedara escrito,
¿de qué vale la poesía?

Y luego cantó:

De repente nos morimos,
nos vamos al fondo del cajón,
y no queda nada, no.

Los pasajeros empezaron a cantar. La animación fue general, con canto y melodía. ¿Cómo era posible cantarle a la muerte con tantos ánimos...?
De repente, alguien reconoció a Robi:
—¿No eres Robson Freitas, el de la radio?
Una señora aprovechó la oportunidad y le pidió el favor de transmitir unas quejas en su programa: los autobuses no estaban parando en las estaciones para recoger a los pasajeros ancianos.
—Y tampoco les paran a los estudiantes de las escuelas públicas —dijo una niña.
—Es cierto. No lo hacen para no dar descuentos —dijo un mecánico vestido de overol, que tocaba la música en su caja de herramientas—. Podrías aprovechar y hacer una campaña en la radio para denunciar ese abuso.
—Y también la falta de respeto con los discapacitados —gritó otra voz, proveniente de las últimas filas.

Todo el mundo tenía alguna crítica para hacer, y la música se fue desvaneciendo. Robi respondió, les pidió que llamaran a la emisora, y prometió transmitir todas las quejas.

Miguel sintió una gran impaciencia, pues tenía muchos deseos de hablar más sobre el *rap* y el mensaje que contenía. Quería saber si podría ser el bromista erudito, que atacaba ahora disfrazado de compositor popular. Pero no había tiempo para hablar con calma.

Llegaba la hora de bajarse del autobús y le insistió:

–Ven conmigo y almuerza en mi casa.

–Ya te dije que no puedo –respondió el otro.

–Necesito hablar de algo serio contigo.

–Llámame entonces por la noche, o ve a la emisora después del programa.

Lo único que pudo hacer fue despedirse.

–Está bien. Chau –dijo Miguel, levantándose.

Tendría que esperar un poco más. Mientras tanto, la música seguía sonando en su cabeza y entró a su edificio cantando:

> *Si nadie lee nada,*
> *todo desaparecerá un día.*
> *Si no quedara escrito,*
> *¿de qué vale la poesía?*

Sí… podía ser obra del *hacker*. Era el mismo tema de leer y escribir. Sería un buen pretexto para intercambiar algunas ideas con Sonia. ¿Quién sabe si ella no iba más tarde a encontrarse con él y con Robi a la salida de la emisora, para hablar y ver si descubrían algo más? Era bueno tener la oportunidad de encontrarse el fin de semana. Y gracias a ese incidente, sería algo muy natural.

Una ventana congelada

—Hola, ¿Miguel? ¿Todo bien?

Sonia estaba tan fascinada por la conversación con Fabiana que hizo algo sorprendente incluso para sí misma cuando sonó el teléfono. En vez de pronunciar un "¡Hola!" expresivo y alegre, interrumpiendo todo para hablar con Miguel como acostumbraba hacer siempre, respondió casi automáticamente. Fue breve y le dijo:

—Disculpa, pero estoy un poco ocupada. ¿Puedo llamarte en un rato?

Miguel no sabía bien por qué, pero le molestó que lo rechazara así.

—No tardes, Sonia. Es urgente —señaló.

Y para aumentar la curiosidad de la chica, añadió:

—Creo que puede ser importante. Tal vez tengamos una pista muy buena para descubrir al bromista erudito. Pero tendremos que apresurarnos, y creo que no tenemos mucho tiempo.

Estaba seguro de que, al oír esto, Sonia se olvidaría de todo para conversar con él. Pero no estaba preparado para la respuesta que escuchó:

—Entonces ven a mi casa porque yo también tengo una pista buena, y no puedo interrumpir ahora porque la pierdo. Chau.

Listo. Clic.

¡Clic! ¡Le había colgado el teléfono! ¡No era posible!

Pero era cierto…

Debía tratarse de una cosa muy seria, y lo mejor era ir para allá. A pesar de estar muriéndose de hambre.

En realidad, era un estado casi permanente para Miguel, pero se acentuaba mucho en circunstancias como aquellas: después de mediodía, de jugar un partido de fútbol muy complicado, de trabajar con su cabeza a mil por hora. Necesitaba comer algo antes de ir.

Pasó por la cocina, tomó una banana y un pan que sobró del desayuno, y abrió la puerta.

—Chau, ma, me voy para casa de Sonia.

—Pero ¿ahora, hijo? Ya voy a servir el almuerzo.

—No tengo tiempo, es urgente.

–Entonces al menos ponle un pedazo de carne a ese pan. Así te lo vas comiendo en el camino.

Era irresistible. El olor de esa carne asada con salsa le estaba haciendo agua la boca a Miguel. Su mamá le dio un mensaje mientras preparaba el sándwich:

–Ah, se me estaba olvidando... Tu compañera Fabiana te ha llamado como tres veces. Le dije que estabas jugando fútbol en la escuela, y ella me comentó que iba para la casa de Sonia.

¿Fabiana? ¿Quería hablar con él?

–Parece que Mateo también va a ir, porque llamó y preguntó por ti. Le dije que tal vez ibas a encontrarte con ellas dos, pues Fabiana insistió mucho. Pero creo que ya lo sabe.

¿Qué estaría sucediendo?

Mateo no había ido a jugar porque estaba resfriado, y tampoco había asistido al colegio el día anterior. Tal vez Fabiana también lo hubiera llamado, y estaba claro que con gripe o sin ella, jamás se resistiría a una llamada de la chica. Probablemente todos estaban reunidos en la casa de Sonia. Pero ¿por qué así de repente, un sábado por la mañana?

Miguel llegó cuando los otros dos ya habían tenido bastante tiempo para entender la historia de Fabiana. Porque, claro, ella ya les había contado todo, con su estilo medio distraído, revelando datos importantes en medio de un montón de otras cosas, como si no desconfiara de lo que podría significar aquello, mientras concentraba su atención en otros aspectos que eran completamente secundarios para ellos.

De cualquier modo, Sonia y Mateo habían entendido y podían hacerle un resumen a Miguel, sin dar muchas vueltas. Porque él no soportaría una vez más que le dieran información con cuentagotas. Fabiana era muy agradable, pero su forma de contar las cosas a veces era completamente exasperante. O de no contarlas, para ser más exactos.

Y cuando el amigo entró, Mateo le informó:

–El *hacker* hizo un nuevo contacto con Fabiana.

–¿Cómo?

–Bueno, después de lo que sucedió y de nuestras conversaciones, me quedé pensando en aquella historia de la mujer modelo y decidí investigar un poco en Internet. Fue increíble. Imaginen lo que descubrí… –comenzó a decir la chica.

Sonia interrumpió en tono amigable pero firme:

–Fabiana hizo una cantidad de descubrimientos sensacionales sobre las condiciones de vida de las mujeres en un montón de lugares. Después te cuento en detalle. Pero en la página de una biblioteca universitaria encontró un formulario de matrícula que contenía una petición para que el usuario se comprometiera a no utilizar aquella información con fines comerciales. Ella aceptó. Y entonces apareció una ventana en la que le exigían que se comprometiera a no abandonar la palabra escrita, a no dejar de leer textos o libros, una cosa así.

–Me pareció muy extraño y no entendí bien, pero tenía mucha curiosidad, y por eso hice clic en ese cuadrito –explicó Fabiana–. Entonces apareció otra ventana en la que pedían que les transmitiera ese compromiso a mis amigos, lo cual me pareció aún más extraño. Pero acepté de nuevo y seguí. Quería encontrar unas cosas que estaba buscando, y sabía que ellos tenían un informe sobre las mujeres de Afganistán durante el régimen de los talibanes. Es increíble cómo hoy en día aún se presentan esas situaciones. Sucedió hace muy poco tiempo, y ellas no podían estudiar, trabajar ni salir a la calle, nunca y por ningún motivo, ni siquiera para comprar comida. Morirían de hambre si no hubiera un hombre en sus familias. Y como el país estaba en guerra...

Sonia interrumpió:

–Y apareció un tercer mensaje. En letras grandes.

–En realidad, eran dos mensajes en la misma ventana, de dos tamaños diferentes –corrigió Fabiana–. Uno preguntaba: "Si no se lee lo que ha sido escrito, ¿qué valor tiene la historia?". El otro, en letras mayúsculas, tenía dos signos de exclamación: "¡¡NO ABANDONES A TUS ANTEPASADOS, LEE LO QUE ESCRIBIERON. YA BASTA DE TRAICIÓN!!". Y al final, casi como si fuera un desafío, preguntaba: "ENTONCES, ¿ME VAS A AYUDAR, O NO?".

–¿Así? ¿Exactamente con esas palabras? ¿Estás segura? –preguntó Miguel.

–Sí. Porque permaneció congelado en la pantalla, no desaparecía, y pude recordarlo. La única forma de salir fue reiniciando el computador. Y aún así, apareció de nuevo. Se abrieron las mismas ventanas que antes, y cuando llegué a esa, pasó lo mismo. Se congeló de nuevo y me quedé estancada allí. Tuve que reiniciar el computador. Un poco antes había una opción que decía "Hable con nosotros", y envié un mensaje para hacer un reclamo sobre lo que había sucedido.

—¿Y?

—Me respondieron. Recién al día siguiente, pero me respondieron. Aunque no sirvió de mucho: me dijeron que no tenían nada que ver con eso —dijo Fabiana.

—Te respondieron algo más, ¿verdad? —recordó Mateo—. Nos contaste que ellos te explicaron que la biblioteca de la universidad está haciendo una gran campaña en defensa de la lectura, pero que ellos no habían enviado ese mensaje, y que creían que tampoco era de ninguno de los asociados a la campaña. El proyecto de la biblioteca parece ser grande, con la participación de muchas instituciones. Respondieron que debía tratarse de un malentendido.

—Sí, eso mismo. Dijeron que se están movilizando para proteger la palabra escrita y que están interesados en involucrar a muchas personas en ese proyecto, ya que es una labor de todos nosotros... de toda una generación —dijeron—, pues quieren involucrar a toda la comunidad. Recuerdo bien que lo leí varias veces. Tengo ese mensaje en mi bandeja de entrada. Pueden leerlo después, también puedo imprimirlo si quieren...

Mateo aprovechó para decir que no era necesario imprimir el texto, pero que probablemente después pasaría por su casa para ultimar detalles. Ella sonrió (¡sonrió!) y aceptó. Dijo, incluso, que le parecía una buena idea.

Mientras tanto, Sonia le resumió a Miguel el resto de lo que Fabiana les había contado:

—Pero sucedió una cosa, Miguel: la gente de la universidad también aseguró que no había escrito aquello. Los dos profesores que firmaron la respuesta dijeron que jamás utilizarían esos métodos. Se ofendieron un poco, y dijeron que ese lenguaje tan fuerte no era parte de su campaña, que no utilizaban palabras como "socorrer", "abandonar" y "traición".

Fabiana agregó otros detalles:

—Dijeron que, con toda seguridad, se trataba de una invasión por parte de algún estudiante que quería desmoralizar la campaña. Pidieron disculpas por el tono agresivo y dijeron que tratarían de investigar y de tomar medidas.

—Claro que fue nuestro *hacker*... —dijo Mateo.

—¿Nuestro? ¿De quién? No tenemos que ver nada con eso —protestó Sonia.

Miguel discrepó:

—Pues yo sí creo que es un poco nuestro. Porque él (o ella) habla a todas horas con nosotros. Y puede ser interesante que le contemos eso a la universidad. A fin de cuentas, ellos deben tener una organización entera para encargarse de esas cosas, y unas condiciones de seguridad mucho mejores que las nuestras.

—Sí, puede ser... —recordó Sonia—. Para empezar, creen que el culpable puede ser un alumno. Es decir, desconfían de las personas de nuestra edad. Y pueden sospechar también que nosotros tenemos un poco de culpa. Es mejor que no lo mencionemos.

–Pero ellos pueden investigar mejor y llevarlo hasta el fondo...

Permanecieron en silencio tras la sugerencia y la insistencia de Miguel. La propuesta de Fabiana fue muy impactante:

–Pues yo creo que no debemos tomar esa decisión solos, así, sin más ni más, de un momento a otro. Es mejor hablar con Carlos, que es abogado y está muy bien asesorado. Me parece que informarle a la universidad puede ser una buena idea: es una institución, tiene un departamento jurídico y técnico, y puede investigar a fondo para aclarar este misterio. Pero lo mejor es que Carlos sea nuestro representante y se ocupe de eso, para que nadie piense que nosotros tenemos algo que ver. Así, no tendremos de qué preocuparnos. A fin de cuentas, para eso existe el derecho, para defender a los ciudadanos, garantizarles el respeto a todos en una sociedad y proteger a los más débiles. Por ejemplo, si una mujer dependiera únicamente de un delegado de turno en un caso de violencia doméstica, quedaría completamente indefensa. Si no existiera...

Y entonces comenzó un discurso inesperado sobre el valor de las leyes y la importancia de la justicia, con una fluidez que los fue dejando pasmados. No parecía ser la Fabiana a quien conocían desde hacía tantos años. De cierto modo, ellos siempre supieron que debajo de aquella apariencia medio burbujeante y superficial había una chica inteligente y coherente, con buenas ideas, aunque un poco dispersa. Solo que muy pocas veces se expresaba así, con tanta claridad y fluidez y tan segura de sí misma.

Mateo la oía embelesado, pensando que Fabiana se veía aún más linda así, toda exaltada, con aquel brillo en sus ojos. Sonia ya iba a hacer un elogio divertido de la capacidad oratoria de su amiga, pero Miguel se dio cuenta y la interrumpió con rapidez, para no desviarse del tema que estaban discutiendo:

—¡Es una idea excelente! Creo que todos estamos de acuerdo. Hablaremos con Carlos. Pero ahora podríamos ver qué pensamos de todo lo que Fabiana nos contó.

Todos estuvieron de acuerdo y él continuó:

—Por mi parte, creo que fue un paso importante del *hacker*. Hizo un llamado más directo y esta vez se arriesgó más; logró entrar a un portal poderoso, y ahora hay mayores probabilidades de dejar rastros. Es decir, llegó más cerca, pero en cierto modo, tal vez haya permitido que nosotros también pudiéramos acercarnos a él. Porque hay otra cosa que quiero hablar con ustedes. Robi me contó hoy una historia que confirma la nueva movida del bromista erudito. Es algo que puede ser un poco urgente. Pero antes deberíamos cerrar el caso de Fabiana, para que no quede en el aire.

Se dio vuelta hacia su amigo y le preguntó de forma muy directa:

—¿Qué opinas, Mateo?

—Estoy completamente de acuerdo con lo que has dicho y con la propuesta de Fabiana. Pero quiero decir que todo esto también confirma lo que vengo creyendo y diciendo desde hace mucho tiempo: que ese tipo es alguien que está pidiendo socorro y quiere nuestra ayuda.

—¡Claro! —confirmó Sonia—. Solo que ahora nosotros ya sabemos para qué.

Se hizo un silencio breve y ella recordó lo que ya era obvio, aunque nadie lo expresara detalladamente.

—Lo que él está pidiendo, casi implorando, es que no dejemos de leer.

—Pero ¿por qué?

La pregunta de Fabiana quedó en el aire, porque en ese momento la mamá de Sonia los llamó a almorzar y se disculpó:

—No sabía que vendrían; Sonia no me avisó. Pero hice una farofa con huevos para acompañar el arroz con feijones. Hay mucha ensalada y un montón de quingombó y col.

A decir verdad, y con excepción de Fabiana, siempre preocupada por comer legumbres y verduras, a nadie le llamó la atención el quingombó ni las coles. Pero tenían mucha hambre. Interrumpieron la conversación y pasaron a la mesa.

Gregorio Alvarenga dedica

Al final de la sobremesa retomaron el tema. Mientras terminaban de comer el dulce de guayaba, Sonia se acordó de preguntarle a Miguel:

–¿No dijiste que tenías una pista? ¿Cuál es?

El chico terminó de comer el último pedazo de dulce, bebió un sorbo de agua y continuó la conversación que había tenido con Robi en el autobús. Cantó, incluso, algunos fragmentos del *rap* que tenía grabado en su mente.

−¿Y piensas que el bromista erudito ahora se volvió un compositor de *rap*? −preguntó extrañada Sonia.

−Yo también creo que puede ser él −coincidió Mateo.

−Hay algo en común, y es que aparece en el computador cuando uno menos lo espera.

−O en el celular −corrigió Fabiana.

−Entre otras cosas, los celulares funcionan como si fueran computadores: por medio de una señal, lo importante es el *chip*. Y también permiten esas interferencias, sin que uno. sepa de dónde vienen directamente.

−Sí... puede ser... ˙−dijo Sonia, como si no estuviera muy convencida o tuviera un poco de sueño.

−Claro que sí −dijo Mateo−. No podemos abandonar ningún rastro a estas alturas. Miguel tiene razón. Es una pista buena y muy urgente.

Sintiendo aquel letargo que da después de almorzar tan bien, Sonia preguntó:

−¿Por qué urgente?

−Porque hoy es sábado −dijeron Miguel y Mateo al mismo tiempo.

Las chicas estallaron en carcajadas. Recordaron un trabajo que habían hecho en la clase de portugués, sobre un poema de Vinicius de Moraes titulado "El Día de la Creación". En una presentación para toda la clase, Miguel y Mateo habían repetido aquella frase en coro, a todas horas, en una letanía que duró mucho tiempo:

En este momento hay una boda, una unión
porque hoy es sábado.
Hay un divorcio y una violación
porque hoy es sábado.
Hay un hombre rico que se mata
porque hoy es sábado.
Hay un incesto y una regata
porque hoy es sábado.

Y seguía casi interminablemente. Era un poema larguísimo y muy bueno. Ellos no se lo sabían de memoria, era un trabajo colectivo; cada uno había leído un verso en la presentación, mientras que Mateo y Miguel hacían el coro y solo repetían aquella estrofa. Y por eso ahora la recordaron con naturalidad.

Lo hicieron de manera espontánea, divertida y rápida. Poco después retomaron el tema anterior y Miguel comenzó a explicar su idea.

—Hoy es sábado, el día del programa de Robi en la radio. Es probable que no lo recuerden o que no lo sepan, pero es un programa muy popular. Mucha gente lo escucha y por eso él pasa la tarde allá, haciendo la transmisión en vivo. Quedamos en que nos encontraríamos al final del programa, para seguir conversando y saber más detalles. Solo que después pensé una cosa: es probable que el tipo intente contactarse de nuevo. ¿Quién garantiza que no lo intentará hoy? Yo quiero estar en la emisora.

—¿Vieron que sí era urgente? —insistió Mateo.

Miguel añadió:

–Urgentísimo; tanto que no iré cuando termine el programa, sino ahora mismo, antes de que comience, para estar presente por si sucede algo.

–¡Qué buena idea! ¡Vamos todos! –sugirió Mateo.

Pocos minutos después, los cuatro bajaron del autobús. Estaban muy cerca de la emisora y llegaron justo a tiempo; tal vez un poco atrasados, porque el programa ya había comenzado. Apenas habían entrado a la sala de recepción cuando escucharon la voz de Robi por el sistema de sonido. Terminaba de presentar el primer bloque: una entrevista con un líder comunitario, sobre unas costureras que estaban formando una cooperativa para participar en un desfile de modas. Después de una cortina musical, el locutor anunció:

–Y ahora, el que quiera que me entienda. Llegó la hora de la ofrenda.

Así comenzaba siempre la segunda parte del programa, en la que los oyentes llamaban para dedicarle una canción a alguien. Y después de la frase introductoria, Robi repitió la cortina y señaló con claridad:

–Y ahora, Gregorio Alvarenga les dedica una canción a Miguel, Sonia, Fabiana, Mateo y Guillermo.

Los cuatro se miraron:

–¡Somos nosotros!

Se sorprendieron al escuchar sus nombres en la voz de Robi –el famoso locutor Robson Freitas– y más aún al recibir el homenaje de alguien que les dedicaba una canción por la radio, justo cuando estaban llegando. Solo faltaba Gui. Y cuando escucharon los primeros acordes, se dieron cuenta de que, además de la coincidencia, también había un misterio:

–¿Quién es?

–No sé.

–¿Conoces a algún Gregorio Alvarenga?

–Yo no.

La canción comenzó mientras cruzaban el corredor en dirección al estudio:

Nací hace diez mil años...

–¡No puede ser! ¡El tipo nos está mandando un mensaje musical! –exclamó Mateo, el primero en comprender lo que estaba sucediendo–. Decidió contar quién era.

–¿Gregorio Alvarenga? ¿Gregorio Alvarenga? –repetía Miguel–. ¿De dónde salió ese tipo?

–Esa canción sí existe. Yo la he oído; es de Raul Seixas. Mi papá tiene ese CD –dijo Sonia.

Caminaban mientras hablaban. La emisora no era grande y Miguel la conocía bien, no necesitaba que nadie le mostrara el camino. Las personas que trabajaban allí también los conocían, pues él y Mateo ya habían ido muchas veces a encontrarse con Robi. Se detuvieron al llegar a la puerta del estudio. Arriba había una luz roja encendida.

–No podemos entrar; miren la luz. Están al aire –avisó Mateo–. Tendremos que esperar acá afuera.

¿Habían ido hasta allí inútilmente? Bueno, por lo menos habían llegado a tiempo para escuchar aquel homenaje musical sorprendente. Podían permanecer en el corredor, o en una salita al lado, donde había unas sillas. Podían sentarse y oír el resto del programa mientras esperaban para hablar con Robi.

Pero Miguel parecía decidido a no esperar más.

–No. Voy a entrar.

–¿Y la luz roja? –insistió Mateo–. No puedes. Vas a causar muchos problemas.

–Robi está al aire, pero no está hablando. Solo está sonando una música. Vi a un técnico entrar y salir más de una vez. No voy a causar problemas, Robi está en la pecera. Voy a entrar; si alguien quiere venir conmigo, puede hacerlo.

Fabiana no alcanzó a preguntar qué era eso de la "pecera". Seguramente Robi no estaba completamente mojado, rodeado de boyas, algas y peces ornamentales. Miguel se llevó el dedo índice a los labios para pedir silencio, y abrió la pesada puerta. Sonia se le unió y comenzó a entrar con él. Fabiana estiró la mano para no quedarse sola, agarró la de Mateo, quien seguía a los dos, y se dispuso a entrar también.

Su gesto por poco lo arruina todo. Mateo quedó paralizado por un instante al sentir la mano de la muchacha, incapaz de dar un paso adelante. Por la puerta entreabierta, Fabiana vio a Miguel y a Sonia al lado de una mesa llena de botones y controles en la que estaba un técnico, frente a una pared de vidrio que lo separaba de un cubículo. Seguramente era por eso que se llamaba "pecera". Robi estaba sentado al otro lado, frente a una mesa, con audífonos en la cabeza. Muy cerca de él había un micrófono y unos papeles esparcidos.

Inmediatamente el técnico miró a los cuatro y los reprendió:

—¡Oigan! ¡No pueden entrar! ¡Cierren esa puerta!

Robi los había visto desde el otro lado del vidrio y les hizo una seña para saludarlos. Después cerró la mano con el pulgar hacia arriba, indicándole al técnico que todo estaba bien, que ellos podían quedarse. Este continuó reclamando, gesticulando y señalando la puerta. Mientras tanto, Mateo permaneció inmóvil, tomado de la mano con Fabiana, sintiendo su corazón —bum-bum-bum— latir más fuerte que el sonido de toda la emisora que transmitía para la comunidad entera, con una potencia de más de vaya a saber cuántos miles de vatios.

La chica acercó la boca a su oído y le dijo:

—¡Vamos! ¡Entra ya!

Mateo entró, medio atontado, sin soltarle la mano. Si fuera por él, no soltaría esa mano nunca más. Y ella, empujando con la mano izquierda la puerta pesada por donde habían entrado, parecía haber olvidado también que tenía sus dedos entrelazados con los de él, mientras el técnico les daba recomendaciones.

—Atención: permanezcan callados. Va a entrar al aire.

Apretó un botón y habló por otro micrófono, para que Robi pudiera escucharlo:

–Diez segundos.

Robi se aclaró la garganta mientras el técnico giraba un botón enorme en la mesa de sonido y bajaba lentamente el volumen al final de la canción. El locutor anunció de nuevo:

–Gregorio Alvarenga acaba de dedicarles "Yo nací hace diez mil años" a sus amigos. Y ahora está aquí para conversar con nosotros.

"¿Está aquí?"

Sonia se llevó un susto. Imaginó que el tipo aquel iba a entrar al estudio, en carne y hueso. Ella no escuchaba el programa de Robson Freitas ni sabía que muchas veces hablaba por teléfono con el autor del homenaje musical.

–Buenas tardes, Gregorio. ¿Todo bien?

Respondió una voz un poco metálica, proveniente de uno de los enormes parlantes:

–Nunca he estado mejor, Robson.

Esa voz suponía un fuerte contraste con la de Robi, que era llena, cálida, impostada, con el estilo propio de un locutor profesional:

–Muy bien, Gregorio. ¿De dónde eres? ¿Dónde vives?

–Ah, un día aquí, un día allá… –respondió la voz–. No tengo un domicilio fijo.

Mientras los amigos se sorprendían al oír esto, Miguel tomó un marcador de la mesa y comenzó a escribir algo en una hoja de papel. Eran letras grandes, gruesas y fáciles de leer del otro lado del cristal. La conversación continuó:

–Un oyente más con problemas de vivienda, amigos míos... ¿Y en qué trabajas?

–He hecho de todo durante estas vidas –fue su respuesta.

"¿Estas vidas?" Sonia y Fabiana se miraron. Miguel terminó de escribir y levantó la hoja para mostrársela a Robi. Mateo seguía paralizado por la mano de Fabiana en la suya, como si estuviera congelado. O como si no estuviera allí.

Del otro lado del vidrio, el locutor Robson Freitas leyó el mensaje de Miguel: "PREGÚNTALE SI REALMENTE SE LLAMA ASÍ".

Robi, que tenía mucha práctica para improvisar, corrigió:

–Tenemos a nuestro oyente del día, a Gregorio... disculpa, Gregorio. ¿Puedes repetir tu nombre completo?

–Gregorio... de... Gonzaga –dijo la voz, después de vacilar brevemente.

–¿Gonzaga o Alvarenga? –corrigió Robi, mirando uno de los papeles que había en la mesa.

Esta vez la respuesta se produjo sin ninguna vacilación:

–Gonzaga o Alvarenga; da lo mismo. Al igual que Gregorio, todos son poetas valientes. Maestros de la palabra escrita.

Miguel escribió a toda velocidad en otra hoja, mientras el entrevistador hacía la siguiente pregunta:

–¿Quieres decir que a tus padres les gustaba mucho la poesía y que te llamas Gregorio de Gonzaga Alvarenga?

Vio la otra hoja que Miguel levantaba: "DILE QUE ESTAMOS AQUÍ".

El hombre respondió:

–Eso del nombre no importa. Un nombre... ¿qué tiene un nombre? Yo podría tener el nombre de un equipo de fútbol, porque soy muchos.

Del otro lado de la pared de vidrio, el técnico soltó una carcajada y comentó:

–¡El tipo está completamente loco! ¡Debe estar llamando de un manicomio! ¡Quiero ver cómo va a salir Robson de esta!

Pero Robi parecía estar en lo suyo, y siguió conversando con el oyente de voz metálica:

–Querido Gregorio Alvarenga, creo que te tengo una sorpresa. Los amigos a quienes acabas de dedicar la canción, al menos varios de ellos, están con nosotros en el estudio. Podría decir que nuestro equipo de producción se esforzó para localizarlos, pero prefiero decir la verdad. Fue una gran coincidencia, porque ellos también son amigos míos y vinieron a visitarme.

–Lo sé... –dijo Gregorio, o quien quiera que fuera el dueño de esa voz, con su equipo entero de nombres.

¿Qué era lo que sabía? ¿Que estaban allí o que eran amigos del locutor? Sin embargo, parecía que Robi no había escuchado esas dos sílabas tan cortas, porque continuó diciendo:

–Si quieres, puedes decir algunas palabras. A todos los que nos están escuchando, claro está. Pero especialmente a ellos, casi todos están aquí.

—¿Por qué casi todos? ¿Quién falta? ¿Fabiana está ahí?

Mientras Robi explicaba que el único ausente era Guillermo, sucedió algo inesperado. Al oír el nombre de Fabiana pronunciado por aquella voz metálica, Mateo despertó de repente del congelamiento que lo tenía paralizado. Soltó la mano de la chica, dio un paso adelante en dirección a la mesa del técnico, y apretó el botón que poco antes había encendido el micrófono de la salita y había establecido la comunicación directa con la pecera, cuando el técnico le informó a Robson que entraría al aire en diez segundos. Todos escucharon la voz de Mateo, transmitida para toda la comunidad de oyentes:

—¿Qué te pasa? ¿Por qué tanto interés? ¿Qué quieres con Fabiana?

—Calma, chico. Solo pregunté porque he hablado con ella antes. Ya estoy más acostumbrado —respondió Gregorio sabrá uno qué, con su voz metálica y distorsionada por un computador.

—Pues ahora puedes hablar con nosotros —corrigió Mateo, todavía apretando el botón.

Rápidamente, Robson Freitas intentó asumir de nuevo el control de la situación al otro lado del vidrio. Mientras el técnico le daba un golpecito a Mateo en la mano para que retirara el dedo del control, el presentador se dirigió a los oyentes:

—Amigos míos; acaban de escuchar a uno de los homenajeados de esta tarde. Mateo, quien ha visitado nuestros estudios gracias a los esfuerzos de nuestros reporteros, acaba de hacerle algunas preguntas a Gregorio Alvarenga. Esta es la Radio Comunitaria de Villa Teodora, con el programa de Robson Freitas, siempre al aire para hacer amigos y llevarles una voz a todos. Gregorio, ¿qué vas a decirnos a todos nosotros?

–Bueno, como representante de tantos poetas, lo único que tengo que decir está en los versos que escribimos, a la espera de un lector que encuentre esos poemas y descubra en ellos las emociones y los pensamientos que recorren distancias y superan los tiempos.

Creyendo que necesitaba darle un giro a aquella conversación disparatada y tratar de continuar con su programa, Robi se despidió antes de poner otra cortina musical y pasar al módulo siguiente de la programación.

–Muy bien, acabamos de escuchar a Gregorio Alvarenga, quien acaba de participar. Muchas gracias por tus palabras, en nombre de todos nuestros oyentes.

Al otro lado del vidrio, el técnico se relajó, sintiendo que por fin terminaría toda esa tensión producto de tantas improvisaciones e intromisiones inesperadas. Se disponía a poner la cortina para que Robi le asintiera como siempre. Sin embargo, Mateo aprovechó la pausa y apretó otra vez el botón para encender el micrófono. Esta vez había tenido tiempo para pensar y poner sus ideas en orden, y ya no se trataba de una simple explosión de celos. Logró preguntar con mucha calma y objetividad:

–Es Mateo de nuevo. Disculpa, Gregorio, pero ¿podrías decirnos rápidamente, antes de colgar, si necesitas ayuda y qué podemos hacer al respecto?

–En pocas palabras, por favor, que el tiempo se está acabando –señaló Robi.

–Sí, necesito ayuda y mucha. En realidad, debo decir que lo que estoy haciendo con la dedicatoria es aprovechar este programa radial para pedir ayuda, porque hace mucho tiempo veo que Robson Freitas viene haciendo un trabajo muy importante, tratando de ayudar a todas las personas. Entendiste bien: este es un pedido de socorro. Necesito mucha ayuda.

El comentario desarmó a Robi. Aún había mucho tiempo, pues el programa duraba toda la tarde, y ahora no podía cortar a Gregorio de Gonzaga o Alvarenga y sacarlo del aire de un momento a otro como pretendía. Lo mejor era continuar.

–Entonces explique su caso. Pero sea claro, por favor; no tenemos mucho tiempo.

–¿Puedo contar mi historia? Es necesario para que ustedes entiendan.

–En pocas palabras…

–Bueno, creo que podemos decir, de forma resumida, que trabajé un tiempo en un laboratorio, y sufrí un accidente durante un experimento algo infortunado. Me salpicó una de las sustancias que utilizaba mi patrón. Y yo quedé con secuelas para siempre.

Un accidente en el trabajo. Robi estaba acostumbrado a oír historias parecidas. Era algo frecuente, así que siguió con la programación:

–Hemos hablado de problemas semejantes en nuestro programa. Tenemos un abogado laboral que nos asesora, y creo que podemos recurrir a él para ayudarte. Lo que necesitas hacer es escribirnos una carta contando de manera detallada lo que te sucedió, con el nombre de la empresa, explicando si alguien más estaba presente, decirnos cuándo sucedió; en fin, todas esas cosas, y darnos todo los detalles que tengas. Envía las pruebas si puedes: el registro de ingreso al hospital, el testimonio de un colega, por ejemplo. O también un informe policial, si es que hiciste una denuncia. Vamos a estudiar la situación en detalle y a ayudarte a entablar una demanda para recibir una indemnización.

Mientras Robi decía eso al aire, sus amigos intercambiaron ideas en la sala de sonido. ¡Claro! Ya sabían de qué se trataba: del incidente con aquel mago de la Edad Media que había contado el bromista erudito durante el juego en el computador de Guillermo. Le había salpicado un poco del elixir de la juventud, y había quedado medio zombi, viviendo en todas las épocas. Y ahora él lo estaba confirmando.

–No, yo no quiero una indemnización. Solo quiero descansar –explicó Gregorio.

–¿Y cómo podemos ayudarte? ¿Quieres que te llevemos a una clínica de reposo? –preguntó Robi.

Los chicos escucharon con atención a ambos lados del vidrio, y probablemente todos los oyentes de la comunidad.

—Fue por eso que entré al concurso de *rap*. Con la canción que decía eso.

Robi recordó de inmediato aquel *rap*, y cantó el estribillo.

Si nadie lee nada,
todo desaparecerá un día.
Si no quedara escrito,
¿de qué vale la poesía?

Luego le dijo:

—Ah, ¿fuiste tú? Entonces no se trata de un antiguo oyente de nuestro programa. No reconocí tu nombre cuando dedicaste la canción.

—Es que esta vez utilicé otro nombre. Pero eso es para recordarles a todos ustedes que la poesía es eterna. Las historias también, toda la literatura es eterna. Es ella la que tiene que durar, y no la gente. Las personas van cambiando: unas mueren, otras nacen. Pero las cosas que están escritas permanecen. Atraviesan el tiempo y el espacio, y se comunican con personas que se encuentran lejos. Puede ser una carta o un *e-mail*, un libro o un pergamino. Esas son las huellas que dejamos en el mundo.

"¡De nuevo!", pensó Robi. Allí estaba el tipo delirando otra vez. Tendría que interrumpirlo.

–Nuestro amigo tiene razón. Gracias por recordarnos eso, pero se nos está agotando el tiempo y tendremos que despedirnos.

–Solo una cosa más –insistió la voz metálica–. Todo el espíritu humano permanece vivo para siempre en los libros...

–Está bien, gracias.

–... Y cuando los libros son leídos –continuó la voz, sin detenerse para respirar ni dar la oportunidad para un corte (era imposible colgar en medio de la frase de un oyente)–, ese espíritu humano permanece siempre vivo, no muere, y entonces yo podré descansar porque todo lo que ha hecho la humanidad seguirá presente y será una ayuda para todos los nuevos habitantes de la Tierra. Pero si la lectura desaparece, yo regresaré a mi condena, a mi encantamiento, a mi maldición: eso de continuar errando sin fin es un peligro, un riesgo muy grande, un...

Robi no aguantaba más. El programa de esa tarde se estaba dispersando demasiado y no podía seguir así. Le hizo una señal al técnico, describiendo un círculo con la mano de derecha a izquierda. El técnico entendió y fue girando lentamente un botón grande que había en la mesa de control mientras que, con la otra mano, giraba otro de izquierda a derecha, también muy lentamente. El volumen de la voz metálica fue disminuyendo mientras aumentaba el sonido de la cortina musical.

Y así terminó la conversación con Gregorio de Gonzaga, o Alvarenga, o quienquiera que fuese. El bromista erudito, el pícaro invasor. El *hacker*. El ayudante de mago que recorría los tiempos defendiendo la escritura y la lectura, y que asediara a sus amigos durante tanto tiempo.

Como en una película

¿**H**an visto esas películas o telenovelas que muestran al final unas frases que cuentan rápidamente lo que sucedió con cada personaje sin dar mayores detalles? Tipo: "Hoy fulano está en la cárcel, José y María se casaron y se fueron a vivir a Bahía", "Juan Pérez se convirtió en el presidente de la empresa", "Joaquín y Joaquina tuvieron trillizos y abrieron un puesto para vender sandías en la feria de la Playa Rasa"…

Esas cosas.

Tal vez la mejor manera de terminar este libro sea haciendo lo mismo. Porque lo único que realmente interesa en esta historia ya fue contado. Solo falta una conclusión.

Pero después de convivir durante tantas páginas con nuestros amigos, es triste dejarlo todo de repente. Entonces, solo tendremos algo más que unas pocas frases. Aunque es una cosa divertida que, a veces, la historia pueda terminar antes que el libro. Es lo que sucede aquí.

De cualquier modo, les contaré.

Los amigos siguieron conversando hasta el final del programa, pero fueron invitados a retirarse. Sin embargo, esto no supuso una gran diferencia, porque el misterioso Gregorio Alvarenga no volvió a manifestarse, ni allí ni en ningún otro lugar. Ni con ese nombre ni con ningún otro. Ni en celulares, ni en juegos de computador, ni en datos adjuntos de *e-mails*.

Después de salir de la sala, los cuatro amigos llamaron a Guillermo, quien fue a encontrarse con ellos. Robi llegó después, y se fueron a comer sándwiches y a conversar a una cafetería. Fue una conversación que comenzó con la lectura del mensaje que llegó al computador de la radio, después de finalizar el programa.

Estaba dirigido al famoso locutor Robson Freitas "y a sus invitados de hoy". No tenía una identificación legible del remitente en el encabezamiento, solo unos números y letras mezclados de modo aleatorio, como si formaran un código. En el "Asunto" estaba escrito: "Mensaje para ti". Pero todo se aclaró ense-

guida. Leyeron el mensaje y lo entendieron a la perfección. Decía así:

Amigos míos:
Es muy posible que este saludo, justamente el día en
que nos conocemos, sea también una despedida. Sé que
ustedes me van a ayudar ahora que han entendido la
aflicción que llevo padeciendo durante tanto, tanto tiem-
po. Seguramente vendrán en mi auxilio luego de ver que
soy un espíritu errante por la eternidad. Gracias a esa
ayuda que me prestarán, es posible que no tengamos
más contacto directo. Tal vez me hagan falta; comencé a
apreciarlos y me encariñé con todos ustedes. Reconozco
que voy a sentir nostalgia. Pero ya no seguiré sufriendo
más. De cualquier forma, siempre podremos reencontrar-
nos del mejor modo posible: en las páginas de los libros
que lean ustedes, con la alegría y el deslumbramiento
de los descubrimientos mutuos. Es decir, en la situación
para la cual las palabras y su registro fueron creados y
perfeccionados de modo que pudieran resistirlo todo: me
refiero al lenguaje escrito y a la lectura. En esas ocasio-
nes, cualquier ser humano puede cabalgar por el tiempo
y vencer a la muerte. En la antigua Grecia, Hipócrates, el
padre de la medicina, comenzó sus Aforismos con una
frase que se volvió famosa: "La vida es breve, el arte largo".
Tan famosa que incluso en esta época se sigue citando.
En esta emisora, hace un momento, poco antes de que co-
menzara el programa de Robson Freitas, estaba sonan-
do "Querida", una canción de Tom Jobim que repite esa
idea: "El día pasa, y yo en esa lucha/ largo es el arte, tan

breve la vida…". Pocos siglos después de Hipócrates, el filósofo romano Séneca escribió un libro sobre la brevedad de la vida. Creo que es parte de la naturaleza humana tener conciencia de que todo pasa muy de prisa y de que un día moriremos. Los otros animales no saben eso. También hay otro aspecto que hace al ser humano: el tener la voluntad para vencer ese obstáculo. En la Edad Media, muchos alquimistas, como mi patrón y amigo Falamel, se comprometieron en la búsqueda de un elixir que les permitiera vivir durante muchos siglos, en carne y hueso, con una apariencia humana. Pero no entendieron que la forma de vencer el tiempo es otra. Solo podremos lograr eso colectivamente, como especie, por medio de la historia de todos los hombres, prolongándonos unos a otros. Y para ello necesitamos de la memoria, transmitida de una generación a otra por la palabra escrita, y del arte que genera esa memoria, inventando otros mundos o revelando mejor esta realidad que nos rodea.

Las gotas que me salpicaron aquella tarde fatídica en la torre del mago hicieron que una pequeña parte de mi espíritu tuviera conciencia y memoria de todos estos escritos a través de los tiempos, sin poder divertirme nunca, sin descanso posible. Ningún individuo soporta eso. Todos carecemos del equilibrio entre la memoria y el olvido. Este trae también una bendición necesaria. La vida debe ser más breve que el arte. Mientras tanto, la sensación de amenaza que comencé a sentir recientemente y el temor a que las nuevas generaciones se sumerjan únicamente en la imagen y abandonen los textos me mostraron los peligros que puede correr la humanidad si sucediera esto.

Sería un absurdo que el desarrollo tecnológico fuera el responsable de la desaparición de lo mejor que ha producido el espíritu humano. Inicialmente no creí que esto fuera posible. Pero, cuando constaté que la naturaleza misma y el futuro del planeta están siendo afectados por el avance desenfrenado de nuevas técnicas que descubren los hombres, quedé muy preocupado con la capacidad destructiva de la humanidad y decidí pedir ayuda. Ahora estoy más tranquilo. Logré establecer un contacto con ustedes y estoy seguro de que me entendieron. Ya puedo descansar.

Hago votos para que tengan una vida larga y feliz, inmersos en el arte aún más largo.

Muchas gracias.

Un abrazo de

Gregorio Alvarenga Gonzaga Dias Bilac Bandeira Drummond de Castro Alves (y una hilera de apellidos que cada vez se veían más tenues, tanto que los del final de la lista ya no se distinguían).

Los amigos leyeron el mensaje con curiosidad y emoción. Permanecieron algunos instantes casi en silencio, y después empezaron a hablar.

–Ahora todo está muy claro…

–Sí… Ya entendimos lo que quería.

–Y tal vez no esté tan loco…

Recordaron todo lo que les había sucedido durante el período en que los había visitado el bromista erudito, todo lo que narramos aquí y que ya sabes. No es necesario repetirlo, pero ellos lo repitieron

varias veces para sí mismos, intercambiando recuer-
dos, prestándole atención a todo, discutiendo los
detalles, como si hubieran podido olvidar algo. Terminaron por llegar a la conclusión de que la historia
era increíble, aunque muy simple, desde el momento
en que dejaron de desconfiar y comenzaron a creer.

¿Y qué pasó? Hicieron de cuenta que era verdad,
aunque sabían que no lo era y que no podía ser-
lo. A fin de cuentas, ¿no es así como funcionan las
historias? En los libros, en las películas, en las series
de televisión. No es algo real, pero fingimos creer y
entonces podemos distraernos, emocionarnos, invo-
lucrarnos con ellos, pensar y aprender un montón
de cosas.

E hicieron de cuenta que creían en la siguiente
historia:

Una vez, hace mucho tiempo, el ayudante de
un alquimista sufrió un accidente durante un experimento y un líquido lo salpicó. Era una sustancia que estaba siendo ensayada para ser un
ingrediente del elixir de la larga vida o de la eterna
juventud. Una parte del sujeto –la alcanzada por
el líquido– quedó existiendo para siempre. Pero
no en cuerpo, sino en espíritu. Justamente la parte
que puede estar en todo aquello que escribe la
humanidad para superar las distancias y el tiempo, expresarse por encima de esas barreras y poder hablar con personas de otras épocas y lugares.
Aunque cambien las lenguas o desaparezcan los
idiomas de pueblos enteros, aunque las formas de

escribir se transformen, eso es lo único que permanece íntegro, incluso más que los palacios y los monumentos de piedra, de los cuales solo quedan ruinas.

Durante los últimos tiempos, ese ayudante del mago comenzó a preocuparse, pues creía que las personas estaban leyendo menos y dándoles menos valor a los libros. Y sintió miedo de que esa lectura, que acompañaba a la humanidad desde hacía varios milenios, fuera sustituida solo por imágenes y se perdiera así todo lo que nuestra especie había acumulado hasta ahora. Una tontería, en opinión de nuestros amigos. Al final, él señaló que podía utilizar las nuevas tecnologías para comunicarse con las personas, aunque no hubiera observado que esos mismos medios también podían ayudarnos a escribir y a leer más. De cualquier modo, él decidió aprovechar y contactarse con ellos. Por eso pidió ayuda. En el fondo, temía por su suerte. Sospechaba que si nadie volvía a leer, él seguiría perdido, errando y murmurando por siempre, en una especie de ondas sueltas en el espacio, formadas por la reverberación de las palabras ya dichas y escritas y que nadie más se encargaría de recibir.

Sonia, Miguel, Mateo, Fabiana, Guillermo y Robson tienen otra opinión y son mucho más optimistas. No creen que la escritura y la lectura estén desapareciendo: no si dependiera de ellos y del colegio Garibaldi. Sin embargo, decidieron darle una mano por si acaso.

Por un lado, le contaron esa historia a todo el mundo, incluso a periodistas y escritores que podían transmitirla a varios lectores –como en este libro–, y se fuera propagando. Y por otro, pusieron en práctica varias ideas simples pero interesantes.

Robi incluyó en su programa radial un módulo de conversaciones sobre libros, que tuvo un gran éxito, en el que los oyentes llaman para sugerir y debatir sobre las lecturas.

Además, los amigos entraron en contacto con la universidad que Fabiana había descubierto mientras navegaba en Internet en su búsqueda sobre la condición femenina, y ya están participando de aquella campaña en defensa de la lectura.

El colegio Garibaldi tenía una sala de lectura, así que ellos no necesitaron pedir una. Pero incentivaron a otros colegios, donde estudian amigos y vecinos, para crear espacios agradables donde se pueda leer. También hicieron una *kermesse* en su colegio para recaudar fondos con el fin de comprar más libros y contratar una bibliotecaria. Sugirieron instalar un estante con libros en la sala de los profesores para que ellos pudieran leer. Cada profesor llevó dos libros y los dejó allá, para quien quisiera leerlos. Ya nadie quiere tener clases con un profesor que no acostumbra leer y que permanece siempre en el mismo sitio, repitiendo las ideas de los demás.

Todo esto debió ser de gran ayuda, porque Gregorio Alvarenga no apareció nunca más. Debe estar descansando, como tanto quería.

Bueno, faltan aquellas cosas del final de la película. Algunas ustedes, seguramente, ya las han adivinado. Miguel y Sonia están de novios. Mateo y Fabiana también.

Guillermo inventó un juego nuevo, lleno de citas de libros, y le vendió el proyecto a una empresa de San Pablo. Le dieron mucho dinero.

Robi fue invitado a producir un programa para jóvenes en un canal comunitario de televisión, y se ha hecho aún más famoso.

Andrea se graduó y se casó con Carlos. Carol sigue igualita, solo que más grande. Pero todavía le encanta meterse donde no la llaman. Afortunadamente, ahora tiene un grupo de amigos y se pasa todo el día pegada al teléfono, entretenida con sus propias conversaciones, sin entrometerse tanto en las de los demás.

Todo sin mayores sorpresas.

Salvo por Fabiana, quien tomó un camino que nadie esperaba, pero que tal vez ya se había revelado en su interior desde hacía mucho tiempo, aunque nadie lo hubiese notado. Desistió de ser modelo y ahora quiere ser un modelo de mujer. No sabe si va a estudiar periodismo o derecho, pero está segura de que quiere ayudar a defender la condición femenina. Habla de la violencia doméstica, del tráfico de personas, de países donde hay matrimonios forzados o que prohíben el trabajo femenino y donde ellas son desiguales ante la ley. Tiene muchas esperanzas de que las cosas mejoren. Quiere trabajar para eso y ocuparse profesionalmente de las mujeres cuyos derechos no son respetados. Por lo menos, eso es lo que ella dice. Creó un *blog* exclusivamente para ese fin. Pero también escribe sobre muchas otras cosas y lee sin parar. De ser por ella, Gregorio (de Matos), (Tomás Antonio) Gonzaga, Alvarenga (Peixoto) y todos los demás poetas pueden estar tranquilos. Fabiana leyó la obra de ellos, y vio que el primero criticaba la hipocresía y la corrupción en el Brasil del siglo XVII, de una forma muy divertida, tanto así que Caetano Veloso aprovechó un poema para hacer una canción. Y descubrió que los otros dos estuvieron involucrados en conspiraciones políticas y participaron en la Inconfidencia Mineira. Otra voz poética, la de Cecilia Meireles, contó esto en un lindo libro de poemas, *Romancero de la Inconfidencia*, musicalizados posteriormente por Chico Buarque. Y también aprendió que…

Es mejor parar, porque no acabaríamos nunca. Leer es así. Vamos descubriendo cosas, una lectura nos lleva a otra, y los temas no terminan nunca. Siempre aparece una novedad. La variedad es increíble, y hay un montón de caminos interesantes. Así como en la vida.

Pero el libro necesita terminar. Por eso, pon aquí un punto final.

A no ser que quieras continuar por tu cuenta.

Como quieras…

Unas notas finales

El libro sobre Nefertiti que menciona el profesor es *Al-Aish-Fi-L-Haqiqa*, de Naguib Mahfuz, publicado en árabe en 1985. Pero hay una traducción al español, realizada por Ángel Mestres en 1996. Fue publicada por Edhasa, de Barcelona, con el título *Akhenaton: el rey hereje*.

La lista de la Mesopotamia, que aparece en el capítulo "El bromista erudito ataca de nuevo", es de origen sumerio y forma parte de una más extensa que aparece citada en el libro *Women's Work: the First 20,000 Years*, de Elizabeth Wayland Barber (Nueva York:

Norton, 1994). En el "mensaje" que la acompaña en este libro, las referencias a los escribas son extraídas de un poema babilónico en homenaje a ellos, citado en el libro del asiriólogo Jean Bottéro, *Babylone. A l'aube de notre culture* (París: Gallimard, 1994).

La película a la que se refiere Carlos es *Camille Claudel*, del director Bruno Nuytten (1988). Los actores Isabelle Adjani y Gérard Depardieu interpretan a Camille y a Rodin, respectivamente.

La canción que Gregorio Alvarenga les dedica es "Há Dez Mil Anos Atrás", de Raul Seixas, y se encuentra en el disco del mismo nombre, de 1976.

Las canciones que se mencionan en el capítulo "Como una película" son: "Querida", de Tom Jobim, del álbum *Antonio Brasilero* (1994); "Triste Bahia", de Caetano Veloso, del álbum *Transa* (1972); y "Los inconfidentes", de Chico Buarque, del álbum *Chico Buarque de Hollanda Nº 4* (1970).